集英社オレンジ文庫

相棒は小学生

図書館の少女は新米刑事と謎を解く

ひずき優

Library "HONNOMUSHI"

目次

相棒は小学生
図書館の少女は新米刑事と謎を解く
Library "HONNOMUSHI"

プロローグ

福峰結愛《ふくみねゆあ》の世界は、本で満たされている。

そもそも結愛の部屋は『ホンノムシ』の一画にある。

私設図書館『ホンノムシ』は、結愛の祖父が、明治時代に建てられた三階建ての小さな商社ビルを買い取って改築した建物だ。

利用者もなく、何十年も閉鎖されていた古い煉瓦《れんが》の建物は、一階から二階までが吹き抜けになっている。彼は財産の大部分をつぎ込んで、そこに自分の夢の世界を創った。

壁一面を本棚《ほんだな》に造り替え、人生を通して集めてきた蔵書を詰め込んだのだ。

彼はまた、住居とした三階とは別に、図書館の二階の端に自分だけの部屋を設けた。

六畳《じょう》ほどのその小部屋には、テレビもパソコンもオーディオ機器もない。祖父がひとりになって本を読むためだけの空間である。

自分以外の人間が入ってこられないよう、祖父は入口に仕掛けをほどこした。

仕掛けを知る者でなければたどり着くことのできない、秘密の部屋。

彼の死後は、使う者もなく放置されていたその部屋を、半年前――祖母は結愛に譲《ゆず》ってくれた。

ひどく衝撃的な出来事を目《ま》の当たりにし、一時は言葉すら失ってしまった幼い孫娘が、しばらく世間に背を向けて閉じこもるために、ぴったりの空間を与えてくれたのだ。

（でも、このままじゃいけない……）

三階にある祖母の家と、隠された部屋とを往復する毎日。

本を読んで過ごすだけの時間は心地よく、ついついぬるま湯のような、その平穏に浸っていたくなる。

けれど、いつまでも祖母の厚意に甘えていてはいけないということもわかっていた。

わかっていながら、なかなか外に出る勇気を持てなかった。

明日こそ。明日こそ――。

そんな思いを抱えてひと冬を過ごした、ある日。

春が来て、日差しが明るく、暖かくなったある日の朝、結愛は思いきって部屋から一歩を踏み出した。

「あら、結愛……」

図書館の受付で作業をしていた祖母が、こちらに気づいて驚いたように顔を上げる。

祖母の家と秘密の部屋とは、直接行き来ができるため、結愛が自分からこの図書館に出てくるのは初めてだ。

決まりが悪くてもじもじしていると、祖母はみるみるうちに顔を輝かせた。

「まぁまぁまぁ、結愛……っ」

久しぶりに部屋の外で向き合った祖母を見上げ、おずおずと口を開く。

「新聞と本、取りにきた……」

いつもはその日に読むものを祖母が部屋まで届けてくれる。けれど今日は自分で取りに来た。どうということはない、小さな一歩である。

けれど祖母は目に涙をためて大きくうなずいた。

「ええっ、……ええ、どうぞ。そこにあるから──」

結愛が自分から部屋を出たことを喜んでくれているのだ。

その感動が伝わってくる。

結愛もうれしい。とてもうれしい。

けれど、それをうまく伝えることができない。

言葉も、表情も。

結愛はいつも足りない。思うように示すことができない。

そのせいで、みんな結愛から離れていった。

何を考えているのかよくわからないと、ため息をついて。

傍にいてくれるのは、祖母の八重子《やえこ》だけ。

「新聞はそこに置いてあるから。あと、本はどれでも好きなものを持っていって」

にこにこと、この上なく幸せそうにほほ笑む祖母を見上げ、結愛は小さくつぶやいた。

「ありがとう……」

八重子はうなずいて結愛を抱きしめてきた。

「ちょっとずつ、がんばろうね」

結愛もまたうなずいて、まずは新聞の置き場に向かう。

これからは、何かを読みたいとき、なるべくここに下りてきて読もう。そう決めた。

今はまだ恐いけど、一歩ずつ踏み出していくのだ。

外に向かって。

結愛に対して、あまり優しくない世界に向けて。

一章　克平、結愛と出会う

七月五日、朝。

先輩刑事からの着信に、いつもより早くたたき起こされた新明寺《しんみょうじ》克平《かつぺい》は、職場である天神《てんじん》警察署には寄らず、直接現場に向かった。

邸宅然とした戸建が並ぶ高級住宅地の一画で殺人事件が発生したのである。

場所は新宿《しんじゆく》区南《みなみ》町。

被害者は荻原哲治《おぎわらてつじ》、五十三歳。私立啓南《けいなん》大学教授。

本日午前七時半頃、二階の自室で胸から血を流して倒れているのを妻が発見。部屋の中は荒らされており、高級腕時計や海外の高額紙幣《しへい》など、金目のものがなくなっていたという。

（たしかに金持ちそうな家……）

現場に到着した克平は被害者宅にざっと目をやった。

ガレージには高級車が二台停め置かれ、大理石風のタイルで飾られた玄関も広々としている。

黄色の規制線テープをまたいで先輩刑事の奥村鋭利《おくむらえり》に声をかけた克平は、ざっと説明を受け、ふむふむとうなずいた。

「つまり強盗殺人ッスか？」

「いや、そうとも言い切れないわね」

黒髪のショートボブをかき上げながら、奥村は面倒くさそうに顔をしかめる。

克平より四年先輩の女性刑事である。初夏の暑さの中でも隙《すき》なくスーツを着こなした姿は、美しいというより、精悍《せいかん》で凜々《りり》しいと形容するのがふさわしい。

「被害者宅の玄関のドアにも、窓にも、今のところ異状は見当たらないのよ。つまり犯人は堂々と玄関から入って犯行に及んだ可能性があるってこと」

ヒールの踵《かかと》を鳴らして颯爽《さっそう》と進む奥村について歩きながら、克平は「てことは……」と天井を仰《あお》ぐ。

「鍵《かぎ》をかけてなかった？」

とたん、奥村が振り向き、手にしていたファイルでバサッと頭をはたいてきた。

「その可能性もゼロじゃないけど！　普通は顔見知りの犯行って考えるもんじゃない!?」

「あっ、そうか……」

「ほかに質問は？」

「特にありません」

またしてもバサッとはたかれる。

「くわしくは検視の結果待ちだけど、凶器は刃物か、それに類するもの。遺体の状態からして、おおよその死亡推定時刻は昨夜九時から十一時くらいだって」

「はいっ」

簡潔に応じ、急いでメモを取る。その目の前で、奥村がふと思いついたように足を止める。

「……事情聴取、する？」

「いいんですか!?」

克平は、ぱっと顔を輝かせた。

前回の聴取の際、あまりにも手際《てぎわ》が悪かったため、しばらく外されていたのだ。

張り切るこちらとは対照的に、奥村は厳しい面持《おもも》ちで釘を刺してきた。

「とぼけた聴取したら、その場で蹴《け》り倒すからね」

荻原邸の居間は外見と同じくモダンにして小洒落《こじやれ》た作りだった。

三十畳ほどの室内には、本革の白いソファと、黒いガラス製のローテーブル、そして間接照明や観葉植物が置かれている。

床に敷かれたカーペットは、まるでペルシャ猫の皮を剝《は》いだかのように毛足が長く、ふかふかしていた。いくらクーラーが効いているとはいえ、今の時期には少々暑苦しい。

大勢の警察官が出入りする物々しい雰囲気《ふんいき》の中、克平と奥村は、被害者の妻である荻原千佳子《ちかこ》と向かい合うようにしてソファに腰を下ろす。

先客だった白い猫が、すばやく身を起こして床に飛び降り、迷惑そうに「ナーゥ」と鳴いた。

克平は手帳を取り出しながら、それを一瞥《いちべつ》する。

「猫、飼ってるんですね」

「主人の猫です」

ハンカチを手にした千佳子が短く応じた。

年齢は被害者と同じくらいだろう。夫の遺体を見つけた動揺《どうよう》を引きずっているのか、寝間着《ねまき》の上にガウンをまとったままの姿である。

遺体を発見したときの状況を訊かれた彼女は、神経質そうな視線をさまよわせた。

「いつもは七時頃に起きて朝食をとるのですが、今朝は七時半になっても下りて来なかったので、寝坊でもしているのかと思って夫の部屋をのぞいたんです。そうしたら床に倒れてて……」

「ご主人が誰かとトラブルがあったということは……」

「知りません。一緒に暮らしていても生活はまったく別で、お互い干渉することもありませんでしたから」

「え、でも普通ちょっとくらいは――」

追及に、彼女はうとましげに吐き捨ててくる。

「知らないものは知りません！」

横で奥村がボソリとつぶやいた。

「ガイ者の昨日の予定」

「……じゃあ、ご主人が昨日どのように過ごしていたのかは……」

「知るわけないでしょう。興味もありません。荻原のほうも海外の学会へ行くとき以外は、予定などいちいち伝えてきませんでした」

「ってことは……昨日もご主人の予定は把握《はあく》していなかったんですね？」

「ええ。――まさか私を疑っているんじゃないでしょうね？」

イライラした口調で、千佳子が眉間《みけん》の皺《しわ》を深める。

「あ、いえ、そういうわけじゃ……」

たじたじになる克平の隣で、奥村が慣れたように応じた。

「形式的な質問です。どうかご協力ください」

「私だって困っているんですよ！　いきなりこんな事件が起きて、救急車だ何だでふりまわされて、家には警察が出入りしっぱなしで、ちっともゆっくりできなくて……！」

「すみません……っ」

ハンカチをにぎりしめ、ヒステリックに叫ぶ千佳子に気圧《けお》され、ついつい謝ってしまう。

と、奥村がうんざりとした口調でささやいてくる。

「昨日の帰宅時間」

「はいっ……」

手帳をめくりつつ、克平は質問を続けた。

「……昨夜、奥さんが帰宅されたのは何時ですか？」

「夜の十一時くらいです」

「その時、ご主人の姿は……」

「見ていません。夫は、夜はいつも部屋にこもっているので」

「奥さんの帰宅時間は、いつもこのくらいなんですか？」

「いいえ。昨夜は友人とオーケストラのコンサートを聴きに行ったので遅かったんです。午後の六時に始まって、九時頃に終わりました。それからちょっとお茶をして――」

「はぁ、なるほど。じゃあそのくらいの時間になっちゃいますね～」

うんうんとうなずいていると、奥村が克平の足を蹴飛《けと》ばし、「アホか！」と低くつぶやいてくる。

「え……っ？」

叱《しか》られる理由が分からずあわてていると、奥村は片手で額を押さえるようにして髪をかき上げ、自ら千佳子に訊ねた。

「コンサートに行くことは、誰かに話しましたか？」

（あ、そうか――）

克平は胸の内で手を打った。

その時間に千佳子が家を空けることを知っている人間が、他にもいたのかどうか。

確かめる問いに、千佳子は「誰にも話していませんよ！」と金切《かなき》り声《ごえ》で叫び、両手で顔をおおった。

「コンサートくらい、別におかしなことではないでしょう!?　クラシック・コンサートに行くことの何が怪しいというんです!　私は後ろめたいことなんて何もありません!　夫を殺したりするはずないじゃないですか!!」

「おっ、落ち着いてください……っ」

興奮する相手をなだめようと、克平は適当に合わせた。

「コンサートいいですよね!　すてきな趣味です。僕もよくクラシック音楽を聴きます」

「……まぁ、そう」

爆発したことでいくらか落ち着きを取り戻したのか、千佳子がぼんやりとつぶやく。ややあって彼女は、感情的になったことを恥じるかのように、気まずそうに顔を上げた。

「……何を?」

「え?」

「クラシック音楽、何を聴かれるの?」

「あぁ、ええと……」

まさかの切り返しに、克平は視線をさまよわせ、頼りない声で応じる。

「――ピカソ?」

隣に座る奥村が「はぁぁぁ」と、これみよがしなため息をついた。

「このバカ！　何なの、あのグダグダな聴取は！」

奥村はカッカッカッと踵《かかと》を鳴らし、乱暴に歩いて玄関を出る。

驚くほど速い足取りだが、上背《うわぜい》のある克平がついていくのは難しいことではなかった。

姿勢のいい後ろ姿を眺めつつ、おずおずと返す。

「えぇと……そんなにマズかったですか？」

「自覚ないの!?　いっそ尊敬するわ！」

「すみません！」

反射的に謝りながら、何が悪かったのか思い返してみた。

やはり質問がスムーズに続かず、奥村に助けてもらったのがよくなかったか。

被害者宅の門前に出た奥村は、車のドアを開けながら、こわい顔でふり向いた。

「あんたは帰って、捜査会議までに盗まれた時計の写真出しといて」

「え、……先輩は？」

きょとんと訊ねると、相手はギッとにらみつけてくる。

「あとピカソは画家だ、覚えとけ！」

「あっ……」

思いちがいに気がついた、その鼻先でバン！　と、大きな音と共にドアが閉ざされる。

「先輩……！」

窓に貼りついての呼びかけも虚《むな》しく、車は無情にもそのまま発車してしまった。……相棒であるはずの克平を置き去りにして。

「はぁ……」

捜査一課に配属されて一ヶ月。あこがれの刑事の仕事は楽ではなかった。

良くいえば大らか、悪くいえば大ざっぱで単純な克平は、緻密《ちみつ》な証拠の積み重ねが物を言う捜査に向いているとは言いがたい。地域課の警官——いわゆる「おまわりさん」でいた時は役に立った能天気な対人スキルも、ここでは裏目に出るばかりだった。

指導役の奥村は、克平の刑事としての資質に大いに疑問を感じているようだ。

彼女はまだ三十前だというのに、数々の大きな事件に携《たずさ》わり、鍛えられてきたベテランである。

最初に挨拶《あいさつ》したときも、「精一杯がんばります！」と勢い込んで頭を下げた克平に対し、「熱意だけでできる仕事じゃないのよね」という、それはそれはクールな答えを返してきた。

そして日を追うごとに、不甲斐《ふがい》ない後輩に失望していっていることが伝わってくる。

何とか挽回《ばんかい》したいと思うものの、今のところその機会には恵まれていなかった。

生まれてかれこれ二五年。こんなにも自信を失うのは初めてである。

（盗まれた時計の写真を出すなんて、署にいる誰かに頼めばすむことなのに――）

ようは捜査から外されたのだ。

（ひたすら聞き込みとかなら、むしろ得意なんだけどな……）

体力と根性には自信がある。何しろ中高はバスケ部、大学では剣道に熱中した、根っからの体育会系である。

警察官として働き出してからも、とにかくフットワークが軽いのが売りだった。そのため上司からも「頑丈でこき使えそう」と、刑事になる講習への推薦《すいせん》をもらえたのだが――。

（ま、何とかなるか）

気楽なひと言ですばやく気を取り直し、克平は最寄り駅の牛込神楽坂《うしごめかぐらざか》に向けて歩きだした。

神楽坂の西に位置するこのあたりは、瀟洒《しょうしゃ》なマンションか、大きな戸建て住宅が並ぶ閑静《かんせい》な住宅街である。治安も良く、昼間であっても落ち着いた佇《たたず》まいだった。

（とりあえずパソコンとプリンターの使える場所を探さないとな。このへん、ネットカフェあったっけ？）

「あと涼みたい……」

梅雨《つゆ》が明けてまもない今、気温は上がる一方。少し動くだけで汗が噴き出してくる。克平はクーラーの効いた店舗《てんぽ》を求めて左右に首をめぐらせた。——そのとき。

あるものに気づいて、ふと足を止める。

「——ん？」

視線の先には、『私設図書館　ホンノムシ』の看板。

「図書館？」

角地にあるその建物は、煉瓦《れんが》造りのレトロな外観であった。レトロというか、実際に相当古い建築物のようだ。土台や装飾に使われている灰色のコンクリート部分は、風雨にさらされた年月を物語るかのように黒ずんでいる。

（戦前の銀行とか、デパートってこんな感じじゃなかったっけ……？）

テレビから得たとぼしい知識を思い返しつつ、こぢんまりとした三階建ての外観を見上げる。大きさとしては比べものにならないが、見た目はそっくりである。

アールをつけた角に入口があり、こちらに向けて、木製の両開きのドアが片方だけ開かれていた。

閉じたほうのドアには、「ご自由にお入りください」と書かれたプレートがかかっている。

私設図書館ということは個人が運営しているのだろうが――

(図書館なら……パソコンくらいあるかな?)

あわよくばタダで使わせてもらおう。

好奇心も手伝ってドアをくぐり抜け、克平は入口へと足を踏み入れた。石造りの建物らしい、ひんやりとした空気に包まれる。

そして。

「わ……」

想像を超えた光景を目《ま》の当たりにして、思わず声をもらす。

重厚感ただようチョコレート色の木材で統一された内部は、二階までの吹き抜けになっていた。そして一階も二階もともに、壁はすべて書架《しょか》で占《し》められている。二階は回廊《かいろう》のような造りになっており、瀟洒な木製の階段で上り下りする形だった。階段はさらに上の階へと続いているが、そちらは吹き抜けになっていないため見えない。

一階の手前部分にはテーブルや椅子《いす》、そしてソファが設置され、奥にはさらなる書架が置かれている。

まだ十時前という時間のせいか、客はテーブルにひとりいるだけのようだ。

ドアをくぐって少し進んだところにある受付のカウンターでは、眼鏡《めがね》をかけた四十代くらいの女性がひとり、スケッチブックに向け無心に何かを描いていた。

髪を結い上げてかんざしで留め、わずかに詰め襟《つめえり》となったオリエンタル調のブラウスと、アンティーク風のピアスを身につけている。流行とは少しちがう、独特なオシャレをした女性である。

克平がカウンターの前に立ったことにも気づかないようだったので、軽く咳払《せきばら》いをすると、女性はハッとしたようにあわてて本を閉じた。

「こ、こんにちは。どうぞ――中に入って、ゆっくりしていってください」

「すごいですね、この……本の量」

一階と二階の壁を埋め尽くす本を見まわし、感嘆《かんたん》の声をもらす。

と、女性はうれしそうにほほ笑んだ。

「夫が生前に買い集めたものなんです。どうしても捨てられないって、書庫の増築をくり返して保管していましてねぇ」

おっとりと言いながら、目を細めて書架を見まわす。さも愛《いと》おしげな眼差《まなざ》しを前にして、克平は「はぁ」と生返事をした。

（つっても、今どき本なんか読まないよな……）

必要な情報は何でもネットで仕入れることのできる時代である。こんなに本をそろえたところで、利用者はいるのだろうか？

そんな興味をもって眺めていると、女性は「好きに見ていってください」と声をかけてきた。

「いや、オレ……」

「どうぞ、どうぞ」

人の好さそうな女性から、書架ごとに分類された表を手渡され、なんとなく奥へ押し込まれてしまう。

ざっと見た感じ、パソコンは受付に一台が置かれているのみ。しかしパソコンにしか用がないとは言いにくい雰囲気《ふんいき》だった。

（しかたない。ざっと見て帰るか——。あ、そうだ。腕時計の図録とかあれば……）

分類表を見ながら書架に向かう。

（実用書？　いや、雑誌のほうか……）

よそ見しながら歩いていたところ、テーブルの角にぶつかり、ガン、と音を立ててしまった。

「おっと……」

すみません、と言いかけて見下ろした先――テーブルにつく人物に、克平はふと目を留める。

子供だ。

（小学校……低学年くらい？）

顔は片手でつかめそうなほど小さく、ツヤツヤとした黒い髪が、胸元くらいまでのびている。

女の子は、ぽかんとこちらを見上げていた。

その前に広げられているものに気づき、克平は笑顔を浮かべる。

「おっ、新聞読んでんのか！　小さいのに、えらいなぁ」

静かな室内に、大きな声が響きわたった。

目立つなどということは気にしない。克平にとって空気とは吸うものだ。読むものではない。

少女は大きな目を、これ以上ないというほど見開いた。

食い入るような、その眼差しが少しだけ引っかかったが、克平は内心首をかしげただけで書架に向かい、本の背を見ながらぶつぶつとつぶやく。

「んーと、腕時計の写真がいっぱいのってるやつ……腕時計の写真――あるかな……」

書架を見上げながら歩いていると、背後で細い声が応えた。

「Nの5」

「ん？」

ふり向いた克平に、少女はこちらを見ることなく背中で言う。

「三段目の左から七冊目『アンティーク腕時計』、八冊目『ブランド腕時計コレクション』、九冊目『腕時計完全読本』」

「…………」

何だろう。これは。

（ひとり言じゃないと思うけど……）

半信半疑で『Nの5』の棚《たな》に向かった克平は、ぱかんと口を開ける。

聞いた通りのタイトルの本が、そこに並んでいた。

「マジで？　ホントにあった。すげー！」

本を取り出しながら声を張り上げ、思わず少女をふり返る。しかし――

「あれ？」

そこに女の子の姿はなかった。

新聞は片付けられ、テーブルには元から誰もいなかったかのように椅子が収まっている。

克平は一階の奥に並ぶ書架に目をやった。あの陰にいるのかもしれない。

しかし今は、そんなことはどうでもよかった。

『ブランド腕時計コレクション』に、被害者である大学教授の所有していたモデルが掲載されているのを発見し、受付へ持っていく。

そこでは女性が先ほどと同じくスケッチブックに向かっていた。

「すみません、これ明日まで借りてもいいですか？」

声をかけると、女性は顔を上げて軽くうなずいた。

「ええ。本の後ろに貸し出しカードがあるので、そこに名前を書いて渡してください」

「貸し出しカード？」

女性は、うふふと笑う。

「今の人はもう知らないかしら？　昔の図書館はそうやっていたのよ」

「へぇ……」

本の最後のページにはさまれた貸し出しカードの中には、鉛筆ですでに他の名前が書かれていた。その一番下に自分の名前を書き込み、女性に渡す。

それから、ちらりと背後をふり向いた。だがしかしテーブルにもソファにも誰もいない。

「……さっき、そこに女の子がいませんでした？」

「女の子？」

「ええ、テーブルで新聞を読んでたんですけど、消えちゃって……」

「あぁ、私の孫だと思います。お客さんがいないときだけ、たまに出てくるんです」

「え？　孫？」

驚いて目の前の女性を眺めてしまう。とても孫のいる歳《とし》には見えないが、もしかしたら実年齢は外見よりもずっと上なのかもしれない。

年齢不詳の女性は、奥の書架に目をやってうなずいた。

「ええ。事情があって今は外出や、人に会うのが難しい状況で。この図書館の中の部屋に閉じこもっているんです」

「引きこもり？　あの歳で？　――あ、いや……」

言ってから、さすがに不躾《ぶしつけ》だったかと口を手で押さえる。

しかし女性は、気にする様子なく物静かなほほ笑みを浮かべた。

「本を返しに、またいらしてくださいね」

翌日、克平は犯行現場である被害者宅に寄った後、図書館に向かった。

受付の女性は今日も熱心にスケッチブックに向かっている。ちらりと見たところ、マンガのような絵を描いているようだ。

克平が近づいて「あの……」と声をかけると、わたわたと閉じ、取りつくろうような笑顔を浮かべた。

「ど、どうも。……本はお役に立った？」

「はい、ありがとうございました」

本を返しながら中に目をやると、今日は大学生らしい若者と、親子連れの姿がある。若い母親は、ソファで子供を抱えるようにして膝にのせ、絵本を読み聞かせていた。

克平は腕時計を見る。署に戻るには少し早い時間だ。

「ちょっと……座らせてもらっていいですか？」

「どうぞ。ゆっくりしていってくださいな」

やわらかく応じる女性にうながされ、中に入った克平は、大きなテーブルの椅子を引いて腰を下ろす。

人の少ない館内は、午前中のゆったりとした時間が流れていた。

「ふぁ……」

ふいに浮かんできた生あくびをかみ殺す。

昨日から徹夜が続いているためだろう。この仕事をしているとめずらしいことではない。

克平は自分に活《かつ》を入れ、横の席に置いたカバンから捜査資料を引っ張り出した。

これまで落ち着いて目を通す時間がなかったものである。

昨日はあの後、他の刑事たちと共に手分けをして、盗まれた腕時計を探すために質屋を何軒もまわった。

しかし少なくとも都内の質屋については、まだ売られた形跡のないことが判明した。

捜査会議では、死亡推定時刻が夜の十時頃であることと、凶器が刃渡り十センチほどのナイフ——おそらくは折りたたみナイフであるという、検視の結果が報告された。

被害者の周辺を洗っていた刑事によると、交友関係は仕事上のごく限られたもの。ギャンブル癖《ぐせ》も借金もなく、趣味はペットの猫をかわいがることと、読書、テレビの視聴程度だという。

ナイフを持ち歩くような人間とは縁がなさそうだが、その後、被害者のパソコンを調べていた部署から有力な情報が出た。

被害者はひと月ほど前から、ひとつの名前をくり返し検索していたのだという。

葛西涼一《かさいりょういち》。

『名古屋《なごや》生まれ。一七歳、高校二年生。前科なし。家族に問い合わせたところ、現在は家出し所在不明とのことです』

その報告に刑事達は色めき立った。

家族によると、親の再婚とともに家に寄りつかなくなり、半年ほど前に完全に姿を消したということだった。

さらに詳しく調べた結果、一週間前に西新宿のコンビニで同じ名前の万引き犯がつかまったことが判明した。

その後、克平は奥村と共に件《くだん》のコンビニに赴《おもむ》き、店長から話を聞いた。それによると万引きをした少年は、警察に突き出される前に逃げてしまったという。

『ふてぶてしい態度の、いかにもな悪ガキでしたよ。目つきが悪くてね。私ひとりだったら手を出せなかったかもしれません。幸い、空手の黒帯のバイトがいたんで、何とかつかまえましたが……警察に通報してる間にいなくなりやがって』

少年の名前は「カサイ　リョウイチ」。口頭でのやり取りだったため、漢字については未確認。

歳は十七、八に見えたと、コンビニの店長は証言した。

防犯カメラの映像を確認するも、ちょうど死角にいたのと、取り押さえたという大柄なバイト店員の身体《からだ》が障害物になっていたのとで、顔は映っていなかった。

万引き犯は、被害者が探していた『葛西涼一』と同じ少年なのか。

そもそも被害者と葛西涼一の間には、どのような接点があるのか――

くまさんは　うさぎさんに　いいました。
「どうか　なかなおりしておくれ。このクリをあげるから」
クリは　くまさんの　とっておきの　たからものだったのです。
でも　うさぎさんは　そっぽをむきました。
「どうしようかな。わたしは　イチゴのほうが　すきなの」

（まぁそう言わずに。許してやれよ、うさぎさん……）

子供に読み聞かせをする、のんびりとした母親の声に向けて答える。

それからハッと我に返った。

「……え？」

目を開き、自分が腕枕をしてテーブルに突っ伏していることを自覚する。

「わっ、……ヤバ……っ」

克平は、あわてて身を起こした。

普段であれば、三日徹夜が続いても耐えられるのだが、近くで読み聞かせをしていた母親の声が、あまりにものどかだったせいか、ついうたた寝をしてしまったようだ。

がりがりと頭をかきながら、克平は書類を読み直そうとし——そこで固まる。

なんと向かいの席に、昨日見かけた少女が座っていた。

小さな手で、テーブルの上に広げた書類を押さえ、熱心に読んでいる。——克平が出しっぱなしにした、捜査資料を。

「おい……っ」

思わず声をかけると、少女は驚いたように顔を上げた。その手から急いで捜査資料を回収する。

「ダメだって、これは——あ、ちょっと……っ」

全部そろっているかページを確認しているうちに、少女はまたしてもすばやく姿を消してしまった。

資料をカバンにしまい、後を追いかけたものの——すとんとした形のワンピース姿は、どの書架《しょか》の間にも見当たらない。

「……どこ行ったんだ？」

きょろきょろと周囲を見まわしながら、克平は口をへの字にした。

あの年齢で資料の内容が分かるとは思えないが、人の書類を勝手に読むのは感心しない。ひとこと注意しないと。

しかしすべての書架の間を探しても、少女の姿は見つからなかった。

ふと、昨日耳にした受付の女性の言葉がよみがえる。

『お客さんがいないときだけ、たまに出てくるの』

『この図書館の秘密の部屋に閉じこもっていて』

(誰もいないときだけ、か――)

胸中でひとりごちた克平は、カバンを手に書架の隅に身を潜めた。

スマホをいじりつつ、待つこと一分。

ふいに近くで、ゴト……、という音がした。

(何の音?)

首をめぐらせた末、視界に入ったものに目を丸くする。

なんと壁のように見えていた書架のひとつが動いている。そしてその奥に、螺旋《らせん》階段のようなものが見えたのだ。

(隠し部屋……? 秘密の部屋って、そういうことか)

壁前に並んだ書架によって、テーブルやソファの席からは死角になっている。どうりで昨日、見失ってしまったわけだ。

「おーい」

克平の声に、扉のように開いた書架から出てこようとしていた小柄な影が、ビクッと飛び上がった。

おそるおそるこちらを見上げる少女に向け、克平は笑顔を浮かべる。

「こんにちは」

少女は、わたわたと書架の扉を閉じようとした。

それを片手で押さえ、もう片方の手をのばしてレモン色のワンピースの襟《えり》に指を引っかけると、ひょいと外に引っ張りだす。

なおもじたばたと暴れる子の前で書架に模《も》した扉を閉め、克平はその場にしゃがみ込んで目線を合わせた。

「オレは新明寺克平。君は？」

少女の名前は福峰結愛《ふくみねゆあ》。八歳。

テーブルの席にちょこんと座る相手に向け、平たい言葉で苦言を呈する。

「部外秘とか——ええと、秘密の書類のこともあるから、大人の書類を勝手に読んじゃダメだぞ。君だって日記とか手紙とか、知らない人間に読まれるの、いやだろ?」

問いに、結愛はこくりとうなずく。

「わかればいいけど。だいたい、こんなの読んだっておもしろくなんか——」

「知ってる人が……」

「え?」

訊き返すと、少女は書類を指さした。

「一番上のページに、知ってる人の写真があったから」

「えっ」

克平はあわててカバンから捜査資料を取りだす。

最初のページにのっている写真とは、被害者の大学教授のものである。

「これ?　この人?」

荻原哲治の写真を見せた克平に、結愛はふたたびこくりとうなずいた。

「この図書館に来たことがあるってこと?」

「ときどき」

「そうか。ありがと！」

礼を言い、急いで受付に向かう。

「ちょっとすみません」

警察手帳を見せると、受付の女性はパァァッと顔を輝かせた。

「まぁ！　まぁまぁ、刑事さんなんですか？」

それまでの控えめで大人しい雰囲気《ふんいき》が嘘のように、眼鏡《めがね》の奥の瞳をキラキラさせて食いついてくる。

「私、ミステリー小説が大好きで、よく読むんです！　映画やドラマもミステリーが一番好きで！　まさか自分がそういう場面に居合わせるなんて。ええと、めい――いえ、みょう……？」

「新明寺《しんみようじ》です」

「どうも。私はここの館長で、西塚八重子《にしづかやえこ》と申します」

「あの……、いまあの子から聞いたんですけど、この人物が時々ここに来ていたとか」

写真を見せると、それまで明るかった八重子の顔から笑みが消えた。

「荻原教授……」

ニュースを知っているのだろう。彼女は力なく応じた。

「はい、よくいらしてました」

「最近も？」

「ええ。先週、お見かけした気が……」

「そのとき、何か変わったことは？」

「そう言われても……」

とまどうように首をかしげた八重子は、次の瞬間、「そうだ」とつぶやいた。

「結愛に訊いてみればいいわ」

「あの子に？　何を？」

「結愛はちょっと変わった個性のある子でしてね。一度見たもの、耳にしたことは絶対に忘れないんですよ」

「……ハハ。そりゃすごい」

何と反応したものか迷い、克平はとりあえず無難に返した。

「でもこれは事件に関するマジメな話で――」

「ええ、わかってます。結愛、ちょっと来て」

祖母に手招きされ、少女がちょこちょこと受付に近づいてくる。

八重子はその前に膝をついた。

「荻原さんが最後に来たのって、いつだっけ？」

　結愛は迷うことなく答える。

「先週の日曜日。開館してすぐ」

　克平はメモを取りながら訊いた。

「君はいつも奥の部屋にいるんだろ？　なんでわかるんだ？」

「その日は荻原さんが来たから、部屋に戻った。月曜日は休館で、荻原さんは火曜日と水曜日、木曜日には今まで来たことがないから……」

　少女の証言は、大学での荻原の講義は火、水、木に集中しているという情報と一致する。

（そして事件が起きたのが木曜日の夜……）

　逆算すると、事件の四日前にここに来たということだ。

「そのときどんな様子だった？　疲れて見えたとか、あるいは上機嫌だったとか……」

　結愛は少し考えこむ。

「……こわい顔してた」

「こわい顔？　それってどんな顔？」

「どんな……？」

　漠然《ばくぜん》とした問いに、彼女はとまどうように首をかしげた。

子供には難しい質問かもしれない。

しかたなく克平は、アニメの悪役を真似《まね》て、悪巧みをするときのような笑顔を作ってみる。

「こんな顔?」

「………………」

結愛はますます困惑したように首を振った。

「じゃあ、こんな顔?」

今度はぐっと眉根《まゆね》を寄せ、思い詰めたような顔をしてみる。

結愛の後ろにいた八重子が、こらえきれないという体《てい》でプッと噴き出す。

気恥ずかしく思いながら目の前の少女を見ると、今度はうなずいた。

「なるほど……」

険しい顔をしていた、とメモを取る克平をよそに、八重子が立ち上がって受付の箱の中を漁《あさ》る。そしてサスペンスドラマに感化されたような口調で言った。

「本を借りられたなら、きっとここにカードがあるはず……——ないわ。じゃあ返しにいらしたのかしら?」

と、その独り言に結愛が首を振る。

「本、持ってきた」

「持ってきた？　どういうこと？」

「うんと……」

言葉足らずな証言をまとめたところ、こういうことだ。

荻原哲治は、図書館のものではない私物の本を手にやってきて、帰る際には手ぶらだった。私物の本にはご丁寧《ていねい》にも、図書館の本に見せかけるように、背に小さなラベルまで貼られていた――

話を聞くうち、克平の心臓がどきどきと鳴り始める。

「ちょっと……、待て待て待て……っ」

自分は今、捜査本部の誰も気づいていない、とんでもない情報を得ているのでは？

そんな期待に胸がふくらむ。

自分を抑えるように深呼吸をして、克平は結愛に訊ねた。

「なんでその本が図書館の本じゃないってわかったんだ？」

「おじいちゃんの本じゃなかったから」

「え？」

「この子、ここの蔵書のタイトルをすべて覚えているんですよ」

八重子は、自分のことのように誇らしげに胸を張る。

一方克平は、周囲の書架をざっと見まわした。

「まさか……」

少なく見積もっても四桁《けた》。下手《へた》をすると五桁の数の本である。

「結愛。荻原さんが持ってきた本、どこにあるかわかる？」

祖母の問いに、少女は首を振った。

八重子が残念そうにつぶやく。

「棚《たな》に入れたところは見てないのね……」

克平は懐《ふところ》からスマホを取り出した。

「大丈夫です。署に応援を頼んで探してもらいますんで――」

その言葉をよそに、八重子は孫に訊ねる。

「探せる？　見つけられたら、このお兄さん、とっても助かるんですって」

「――……」

少女は克平を見上げ、それからふらりと身をひるがえした。

本棚を隅々まで眺めて歩き、五分ほど経った頃、手近にあった椅子《いす》を本棚の前に置いて、その上に乗る。

「見つけたのか!?」

克平の声にうなずきながら、結愛は椅子の上で背のびをし、高いところにある本を取ろうとした。

克平はその背後から手をのばす。

「これ？」

「うぅん、その右」

「……これ？」

「そう」

それは背幅五センチほどの分厚い本だった。

A5判よりひとまわり大きいサイズで、タイトルは『膨張《ぼうちょう》宇宙と相対性理論』。

「……うん。これは誰も手に取りそうにない」

根拠もなく断言し、ラベルを確認する。

他の図書のラベルと比べると、分類の文字のフォントがちがうようだ。しかし非常によく似ている。注意して見なければ偽物とはわからないだろう。

開いて中を見ようとしたところ、結愛が心配そうに口を開いた。

「あの……っ」

「ん？」

「手袋、しないの？」

指摘に、克平はハッとした。

「テレビでは、警察の人は手袋をしてから証拠品にさわるけど……」

「あれはドラマ！　こっちは現実！」

えらそうにごまかしながら、さりげなく手袋をつける。

そして——

本を開いた克平は短くうめいた。

「……マジか」

なんと本のページは、周囲を残して中がくり抜かれている。

おまけに箱状になったスペースには、思いがけない品が収められていた。

ＵＳＢメモリと、交通系のＩＣカードの入ったパスケースである。

「うぉぉぉ、マジか!?」

頭に血が昇り、大きな声がほとばしり出た。

すごいものを見つけてしまった。——そんな興奮にふるえがくる。

克平は急いで受付に戻った。

「すみません！　これ証拠品として押収させてもらいます！」

「何か見つかったんですか？　よかったわ」

「また署の人間がここに来ることになると思いますけど、そのときはよろしくお願いします！」

舞い上がった気分で言いながら、先輩の奥村に電話をかけ、説明ももどかしく報告する。その結果「すぐ署に戻れ」との指示を受け、喜び勇んで八重子に後のことをまかせ、駆け足で図書館を後にする。

——その間、一度も足下を顧《かえり》みることはなかった。


「すごいじゃないか、克平！　大手柄だな！」

捜査会議のために会議室に入ると、立ち話をしていた先輩の刑事達が、かわるがわる声をかけてきた。

「いやぁ、運が良かっただけですよ～」

謙遜《けんそん》する声も弾んでしまう。

持って帰ったＵＳＢメモリには、不鮮明な動画のデータが保存されていた。

時刻はおそらく夜。暗い林のような場所で、車のライトを頼りに三人の男が何かを埋めている様子を、車載カメラで撮ったもののようだ。

埋めたものはブルーシートで覆《おお》われていたが、大きさからしておそらく死体と思われた。しかしカメラが置かれているのは後部座席のトノカバー上と思われ、男たちまで距離があるほか、明かりが乏《とぼ》しいため、顔まではわからない。二人に関しては何とか、ひどく不鮮明ながら画像が撮れたものの、三人目は完全にアウトだった。

また確かめたところ、荻原の車にはドライブレコーダーが設置されていなかった。販売店にも確認したが、車検の際などに設置されていたこともなかったという。

奥村の助けを借りながらそこまでの報告を終えると、続いてICカードについて調べていた刑事たちが手を挙げた。

「ICカードは葛西涼一のものでした。葛西の消息は今もわかっていません。家族によると葛西の性格は温厚。しかし時折、人が変わったように激昂《げっこう》することもあったそうです」

耳にした情報を手早く手帳に書きつけていく。

大学教授だった荻原が、なぜそんなものを所持していたのか。動画に映る三人の男達とはどのような関係なのか。三人は何者か。葛西涼一はこの三人の中にいるのか。それとも彼らとは別なのか。

捜査会議を終えた刑事達は、それぞれの謎を追うべく早々に動き出す。

奥村もまた、パイプ椅子の背に掛けていたジャケットに袖《そで》を通した。

「克平、行くわよ」

「は、……え、どこへ？」

しばらく口実をつけて追い払われてばかりだった先輩からの呼びかけに、つい間の抜けた反応をしてしまう。

彼女は捜査資料片手に身をひるがえしつつ、そっけなく応じた。

「名古屋よ。葛西涼一の家族に、画像の撮れたふたりの写真を見てもらうの」

「はい」

行動にムダのない奥村は、署内を足早に歩き、ものの五分もしないうちに地下鉄の駅までたどり着く。

そして自動改札を通り抜けながら、ついでのようにつけ足した。

「聴取は、あんたがしなさい」

「はい！」

二章　結愛、克平と友達になる

結愛《ゆあ》の世界はせまい。

図書館の二階にある、秘密の部屋がほとんどすべてである。

その部屋は一階の隠された入口を通り、小さな螺旋《らせん》階段をのぼった先にある。図書館の裏手にある公園に面しており、大きな窓から見下ろすことができた。

平日は母親と小さな子供の親子連れが多い。

親と離れて暮らしている結愛にとって、それはうらやましい光景だった。

そしてうらやましいと感じてしまうことを、ちょっとだけ祖母に申し訳なく思う。

（わたしにも、おばあちゃんがいるから平気……）

誰にともなく、心の中で言い訳をする。

しかしその祖母は、結愛がもっと外の世界に出ることを望んでいた。

決して口にはしないものの、そう考えていることがわかる。せめて学校には行けるといいのに――結愛を見つめる目には、そんな心配がにじんでいる。

学校に行かなくても、勉強についての不安はなかった。教科書はどれも一度読めば覚えてしまうから。

そして人とは違うその特性こそが、結愛を人と隔《へだ》ててしまう。

（あの人は……わたしをどう思ったのかな――）

窓ガラスに額をつけ、目を閉じる。

結愛の朝は新聞を読むことから始まる。それは昔から続けている習慣だった。今となっては意味のない行為であるものの、やめることができずにいる。

だからこそ、ふいに現れた克平から声をかけられたときは、心臓が飛び出しそうになった。

『小さいのに、えらいなぁ』

彼にしてみれば、何の気なく発した言葉だったのだろう。

しかし結愛にとってそれは、特別な出来事となった。

あけすけで、大ざっぱそうな人となりや、子供には関心がなさそうで、そのくせちゃんと優しいところが、風のように心を吹き抜けた。

固く閉ざしていた世界への扉の――鍵穴《かぎあな》の中からのぞいてみたいと思う程度には、好奇心を刺激した。

『見つけられたら、このお兄さん、とっても助かるんですって』

祖母にそう言われ、思わず張りきってしまった。

彼の役に立って、喜んでもらいたかったから。

（わたしに、関心を持ってほしかった……）

心の中で、ぽろりとこぼれたさみしさに、目を閉じる。

そう。役に立てば、もっとふり向いてもらえるかも……というのは、自分の幻想にすぎなかった。

彼の探していた本を見つけた時、ちょっとだけ期待した。

また褒《ほ》めてもらえるのではないかと。

だが、何やら重要なものを見つけたらしい彼の目に、結愛の姿など映ってはいなかった。

一顧《いっこ》だにすることなく去り、そしてそれ以降、一度も図書館に来ることはなかった。

役に立てたのだから、いい。

公園で遊ぶ母子を眺めながら、そう自分をなぐさめる。

自分の殻《から》に閉じこもっておきながら、誰かに自分を見てもらいたいなど、無理な話。

それでも結愛は、祖母が用意してくれた図書館《せかい》から出ることができない。

誰を傷つけることもなく、自分が傷つくこともない部屋に閉じこもり続ける。

（ここから出て行って、また失敗をしてしまうのは、いや……）

取り返しのつかない失敗をして、自分なんか消えてしまえばいいと強く願うのは、とてもつらいことだから。

そのくらいなら、祖母以外の誰にも顧みられることのない、この毎日をいつまでも続けたほうがいい。

窓の下――公園で楽しそうに遊ぶ母子を見下ろして、結愛は人恋しく感じてしまう心を押し殺す。

そして欲張りな自分に言い聞かせる。

期待するから、がっかりする。ならば最初から、何も望まなければいいのだ。

そうすればこんなふうに、会えないさみしさを感じてしまうこともないだろうから――。

※

「うぉい、克平《かつぺい》。おまえ、どうやって図書館のお姫さまに会ったんだ？」

「は？」

その日の捜査会議の後。

先輩の刑事達に呼び止められた克平は、とっさに質問の意味がわからず、目をしばたたかせた。

「や、事件前のガイ者を目撃したらしいし、隠した本を見つけたのもその子だっていうし、ちょっくら話を聞いてみようかと思ったんだけどよ」

「あぁ——」

そこでようやく、あの私設図書館で出会った少女のことだと思い出す。

「どうって……普通に話しかけただけですよ」

「そうか。いや、どっかの部屋に閉じこもったきり出てきてくれなくてよ」

五十歳がらみの眼光鋭い先輩刑事は、ため息交じりにぼやいた。

ちょっとだけでも話を聞きたいと、八重子《やえこ》に頼んで呼びかけてもらったにもかかわらず少女は反応を見せず、刑事達に会うのを頑《かたく》なに拒《こば》んだのだという。

無駄足を踏んだ刑事のうらめしそうな顔の前で、克平はあわてて両手をふった。

「そんなはずは……。オレのときは普通に——」

「じゃあなんだ。顔か？　若くてぴちぴちの顔じゃなきゃダメなのか？」

「ぴちぴちってもう死語ですよ……」

苦笑する克平の横で、奥村《おくむら》がつれなく言い放つ。

「顔っていうより、顔つきの問題じゃないですか?」

「優しくしたぞ、ちゃんと。猫なで声で!」

「こわい。逆にこわいです、それ」

うっとうしそうに顔をしかめた彼女は、ふと思いついたようにこっちを見た。

「あんたが行ってくりゃいいじゃないの」

「え?」

虚を衝《つ》かれ、思わず訊き返す。

しかしよく考えてみれば、たしかに現在、ちょうど捜査が滞《とどこお》りかけているところだ。

教授の隠していたUSBメモリに写っていた、ふたりの男の画像を、葛西涼一《かさいりょういち》の親や、万引き被害にあった西新宿《にししんじゅく》のコンビニの店長に確認してもらったが、おそらく別人との答えだった。

葛西涼一の足跡も途絶えたままだ。

名古屋《なごや》の実家を出てからは、年齢をごまかして日雇いのバイトを転々としていたことがわかったくらい。東京に出てきたのは、ほんの二、三ヶ月ほど前だという。

彼と教授との関係はいまだつかめていない。

盗品も見つかっていない。

しかし新たに、被害者が事件の四、五日前からネットで防犯グッズを検索していたことがわかった。事件前から、自分に危険が及んでいることに気づいていたと思われる。

つまり改めて、被害者と葛西涼一との接点が捜査の鍵《かぎ》となることが、浮き彫りになった形だった。

わずかなりとも何か、その手がかりがないか——捜査員たちは暑い中で必死に聞き込みを続けている。

奥村は捜査資料の束を丸め、克平の背中をポコンとたたいてきた。

「荻原《おぎわら》教授のことで他に何か、その子が覚えていることはないか。もう一度訊いてきな」

克平が『ホンノムシ』に赴《おもむ》くのは二週間ぶりだった。

午後二時。年季の入った建物の前に立ち、入口を囲む古びた灰色のレリーフ装飾を見上げる。

(なんて名前だったっけ、あの子——ゆう……ゆい、……いや、ゆあ。……そう、結愛だ)

こちらに向けて開かれている木製のドアをくぐり、中に入っていくと、自習をする学生が多くいた。

「こんにちは」

声をかけると、例によってスケッチブックに向かっていた八重子が、我に返ったように顔を上げ――そしてほほ笑む。

「まぁ……よかった」

克平を目にして、彼女は喜びを露わにした。

「見えられるのは、他の刑事さんばかりだったので、もうお目にかかることができないかと思っていました」

「は、どうも……」

何やらとても歓迎されているようだが、その理由がわからない。

とまどう気持ちが通じたのか、八重子は「いえね」と声を潜める。

「結愛が、新明寺《しんみょうじ》さんのことをそれはそれは、首を長くして待っている様子だったので」

「結愛……ちゃんが？」

「ええ、お客さんがいないときは、ずぅっとあのテーブルで本を読みながら、誰かが入ってくるとパッとふり向いてね。……ちがう人だとわかると、肩を落として奥の部屋に戻ってました。でも、それからも誰かが来た気配がするたび、ドアになっている書庫の隙間《すきま》から、そっとのぞいているようで……」

「へぇ」

「不思議だわ。これまで、あの子が特定の誰かに、こんなふうに心を許すことはなかったんですけど……」

「そうですか……」

適当にうなずきながら、面《おも》はゆさに頭をかいた。

相手が誰であれ、慕《した》われ、来るのを待っていたと言われれば、悪い気はしない。

克平は軽い気持ちで書架《しょか》の扉の前に向かい、八重子が教えてくれた合図のノックをした。

コン、コ、コ、コン、コン!

しかし——

ドアの向こうは静まりかえり、何の反応もない。

克平は他の利用者を意識し、声を殺して呼びかけた。

「おーい。結愛ちゃん」

……しばらく待ってみるが、やはり何の物音もしない。

「いないんじゃないですか?」

首をひねりつつ訊ねると、ついてきた八重子が「まさか」と応じた。

「そんなはずありません」

「そうですか。……おーい。訊きたいことがあるんだ。出てきてくれよ」

ふたたび呼びかけてみるも、やはり変化なし。

八重子が困惑した様子につぶやく。

「変ねぇ。いえ、本当に、ずっと新明寺さんが来るのを待っていたんですよ」

「はぁ」

「しかたがないわね」

そう言うと、彼女は扉になっている書架の棚《たな》に手を差し込み、何やら操作をした。すぐに、ゴト……と音がして本棚が奥へと動いていく。

その向こうには、小さな螺旋《らせん》階段が見えた。

「――どうぞ」

そう言うと、八重子は案内するように、棚と壁との間にできた隙間へ身をすべりこませる。その背中に克平もついていった。

人ひとりが通るのがやっとというほどせまい螺旋階段の壁には、古めかしい上げ下げ窓がはめ込まれている。光が差し込む窓からは、図書館の裏手に広がる公園を見ることができた。

階段をのぼると、そこには小さな部屋があった。

広さは六畳《じょう》ほど。一階の書架と同じく、チョコレート色の木材で作られた猫脚のテーブルと、アンティーク調のソファ椅子《いす》が二脚、真ん中に置かれている。

モスグリーンの壁紙と合わせて、全体的に落ち着いた色調だが、南側に向けて大きな窓がひとつついているため、明るい印象だった。

突き当たりの奥にはラック及びクローゼットが据えられており、その頭上はロフトのような作りのベッドとなっている。

床には絨毯《じゅうたん》のフロアマットが敷かれ、エアコンもついている。

ひとりになって寛《くつろ》ぐための部屋。――一見してそのような印象を受けた。

結愛はそのソファ椅子に腰かけ、テーブルの上で本を広げている。白っぽいTシャツを重ね着し、ジーンズ地のキュロットという姿だった。

「結愛、新明寺さんがいらしたわよ」

祖母の声にも、彼女は顔を上げようとしなかった。

ただじっと本を読むのみ。それも顔の前に障壁を築くかのように、本を立てて持っている。

「こんにちは」

克平の声にも無反応──というか明らかに無視をしている。

「………」

克平は八重子と顔を見合わせた。

それから空いている方の椅子へ勝手に腰を下ろし、結愛の顔を隠す本に、指を引っかけて没収する。

「話をしに来たんだ。悪いけど、ちょっとだけ本を読むのを休んでくれないか?」

本がなくなると、結愛はようやく克平と目を合わせた。

その眼差《まなざ》しは鬱々《うつうつ》として、ひどく不機嫌そうである。心なしか仕事に水を差された際の奥村の目にそっくりだ。

「──……」

(……何か悪いことしたっけ? オレ)

昨日まで仲良くしていた女友だちに、突然そっぽを向かれたことは──これまでにも何度かある。

大抵の場合、原因は克平の無神経さにあり、後で思い返して「あれがマズかったかな?」という記憶にたどり着くものだが、……今回はまるで心当たりがない。

克平はごまかすように咳払《せきばら》いをした。

「ええと……、この間も訊いたけど、殺された荻原教授のことで何か新しく思い出したことはないかな？　何でもいいんだ。ここで何かしていたとか、どんな本を読んでいたとか……。何か覚えてることがあったら話してくれないか」

できる限り穏やかな声で、下手に出てみる。

しかし――きゅっと横に引き結ばれたくちびるが動く気配はなかった。が、質問を耳にしたとたん、大きな目が少しだけ泳いだことに気づく。

克平は注意深く訊いた。

「……何か、他に知ってることがあるのか？」

とたん、結愛はくちびるをいっそう強く引き結び、こちらを責めるように見つめてくる。あなたが悪い。

大きな目はそう言っていた。

「え……」

（オレ、ホントに何かしたの？）

焦る思いで、少女と会ってからの記憶を必死にたどる。

こんなに懸命に己の行いを反芻《はんすう》するのは、同棲《どうせい》していたカノジョが突然怒り出し「別れる！」とさわいだとき以来だ。……ちなみにＤＶ癖《ぐせ》のあるカレシと別れたいという女友だちからの相談に親身に応じているのを浮気と勘違いされ、必死の説得も虚《むな》しく出て行かれてしまった事案である。

（いやいやいや、そんなことはどうでもいい！）

逸《そ》れてしまった思考を元に戻し、克平は前回この図書館にやってきた二週間前をふり返った。

だがしかし。

（……ダメだ。何も思い出せない）

新しい証拠品が出たことに舞い上がり、それ以外のことはすっかり記憶から抜け落ちている。

そもそも克平の頭はあまりメモリ容量が大きいとはいえない。

古いことは端《はし》から忘れてしまう質《たち》である。

「ええと……」

しばらくの後、克平は潔《いさぎよ》くテーブルに両手をついた。

「オレが何かしたなら謝る。どんなことにせよ悪気はない。この間、君が見つけてくれた証拠品のおかげで捜査も進んで、とても助かったんだ。ほんと感謝してる。でも、まだまだ分からないことが多い。荻原教授を殺した犯人を見つけるために、もし何か手がかりになりそうなことを知っていたら、何でもいいから教えてほしいんだ。どんな些細《ささい》なことでもいい」

数少ない取り柄であるところのまっすぐさで、ひたすらたたみかけていると――

「……くせに」

細い声が、ぼそりとこぼれた。

「え？　――何？　聞こえなかった」

身を乗り出した克平に、結愛はむっつりとしながら、窓の下に広がる公園を指さす。

「荻原さん、そこの公園で男の人と会ってた」

「男の人？」

「若い人。ケンカしてるみたいだった」

耳にした内容に、ざわりと血が騒いだ。

「いつ!?」

「六月三十日、夜の十時ごろ」

急いで取り出した手帳に書きとめる。

六月三十日――事件の五日前。被害者がネットで防犯グッズを検索し始めた時期と一致する。

「相手はどんなやつだった?」

「ないしょ」

「――――」

一瞬、何を言われたのか分からなかった。

しかし、子供らしくふざけたのかもしれないと考え、はやる心を押し殺して笑顔を浮かべる。

「あははは一。……で?」

「ないしょは、ないしょ」

そう言うと、結愛はそっぽを向いてしまった。

そんな孫を八重子があわてたしなめる。

「こら、結愛!　新明寺さんは大事なお仕事をしているのよ。ちゃんと答えなさい」

「えぇと――」

ボールペンで頭をかきながら、克平は一度、自分を落ち着けた。

「荻原教授が、そこの公園で若い男と会っていたというのは本当?　冗談ではなく?」

「本当。ちゃんと見た」

「じゃあどうして、相手について答えられないんだ?」

「言わない」

「結愛……っ」

割って入ろうとする八重子を目で制し、少女の横顔に向けて訴える。

「いいか、この近所で人が殺された。これは大変な事件だ。もしかしたら犯人はまだ近くにいるかもしれないって、近所の人達は不安を抱えている。警察は早く犯人を逮捕して、みんなを安心させなきゃならないんだ」

「――――」

「君が見たものは、事件の中の重要な出来事かもしれない。犯人の特定につながるくらい大きな手がかりになるかも」

「結愛、遺《のこ》された方々の気持ちを考えて。きっと早く犯人を逮捕してほしいと思っているはずよ」

八重子が強く言い添える。それでも少女は口をへの字にしたまま、むっつりと言った。

「知らない」

克平はため息をつく。

「人を殺した人間が、まだ自由の身でいるんだ。早く捕まえないと次の犠牲《ぎせい》が出るかもしれない。それだけは絶対、阻止《そし》しなきゃならない。それが警察の仕事だ。つまり――」

少女を見つめて言葉を切り、あえて厳しく語調を強めた。

「遊んでるわけじゃないんだよ」

子供向けでなくなった声に、小さな肩がびくりとふるえる。

じっと見つめるうち、結愛のくちびるがかすかに動いた。

「……だって……」

意を決したように、彼女はようやくこちらをふり向く。

「だって刑事さん、事件の話だけが目当てだから」

「え……？」

ぽかんと返すと、少女はさらに声を張り上げる。

「大事なこと話したら、もう来てくれなくなっちゃうから……！」

「あ――」

それか、とようやく合点《がてん》がいった。

証拠品を見つけ、意気揚々《ようよう》とここを後にしてから二週間。

その間、克平は結愛のことを思い出しもしなかった。他の仕事にかかりきりで、図書館に来ることもなかった。

結愛はそのことを怒っているようだ。

「……刑事さん、わたしには用ないもん……っ」

こちらをじっと見つめていた大きな瞳が、次第にうるんでいく。

え、待って。泣くの？

克平はあわてた。

(泣くの？　マジで？)

息を詰めて見守る前で、結愛の目にはみるみるうちに涙がふくれあがり、やがて決壊した。

(やめてぇぇぇぇぇっっ)

ぽろぽろとこぼれる、真珠《しんじゅ》のような涙を前にして、克平はうろたえながら立ち上がる。

「いやそんな、オレ無実！　オレ無実！　……ねぇ？」

八重子をふり向くと、彼女は礼儀《れいぎ》正しく応じた。

「先ほども申しました通り、孫は新明寺さんがいらっしゃるのを、それはそれは心待ちにしておりました」

口調は丁寧《ていねい》だが、なんだか微妙に責められている気がする。

「いや、だって……」

まさか八歳の女の子に、それほどまで慕われるなど、思いもしなかったから。

(でも——そうか。ほとんどひとりぼっちだったから……)

どんな事情があるのか知らないが、図書館の一室に閉じこもっているのだ。多少なりとも接点を持つのは祖母だけ。

捜査への協力という事情があったにしても、そんな状況で他人と言葉を交わしたならば、友だちのように錯覚《さっかく》してしまうのも無理はない。

克平にとっては些細なふれ合いだったが、おそらく結愛にとっては、思いがけない出会いだった……のかもしれない。

細い肩をふるわせてすすり泣く相手を、途方に暮れる思いで見下ろす。

そしてふいに思いだした。

『かつにい、はるなのこときらいになった……？』

妹がまだ小さかった頃のこと。

何か悪いことをして叱《しか》られると、決まって泣きながらそう訊いてきた。克平はその頭をなでて、きらっていないと何度も言わなければならなかった。

記憶をなぞるように、ためらいがちに手をのばし、結愛の頭をなでる。

「ごめんな、さみしい思いをさせて」

「………」

泣き出してしまった気恥ずかしさで、顔を上げられないのだろう。

少女は下を向いたまま首を横に振った。そんなところも妹の子供の頃にそっくりだ。

思い出して思わず笑みがこぼれる。

そしてスーツの胸ポケットから名刺を取り出した。

「お詫《わ》びにこれ――」

小さな紙の余白に携帯の番号を書き込み、差し出すと、結愛はようやく顔を上げた。名刺を受け取り、しげしげと見入る。

「これからオレのこと、克平って呼んでいいから。あと、何かあったら電話していいから」

「かっぺい……」

「いい名前だろ？　初対面の人にも呼んでもらいやすいから気に入ってるんだ。妹は『かつにい』って呼んで――」

言ってからふと口を押さえる。

思い出したせいで、余計なことまで口走ってしまった。

「妹……？」

大きな目をぱちぱちさせる結愛の頭を、克平はもう一度なでた。

「あ、電話は携帯のほうにな。署にはかけるなよ、頼むから」

その後、八重子が淹《い》れてくれたお茶を飲んで落ち着いた結愛は、目撃したことについて詳細に話した。

それによると事件の起きる五日前、図書館の裏手にある公園で、被害者は何者かと言い争っていた様子だったという。

「言い合って、それから若い男の人が荻原さんを、こう……」

話しながら、結愛は襟首《えりくび》をつかむしぐさをした。

「口論して締め上げてたってことか。相手の外見は覚えてる？」

「背は荻原さんよりも高かった。あと痩《や》せてた」

結愛の証言は詳細だった。

被害者と口論していた若者は、黒地に白の髑髏《どくろ》柄の描かれたTシャツを身につけ、大ぶりのシルバーのネックレスを提げて、青系の迷彩柄のカーゴパンツをはいていたという。

顔立ちとしては、きつくつり上がった目と、頰《ほお》のこけた輪郭《りんかく》が特徴。そして相手を威嚇《いかく》する際、わざと眉根《まゆね》を寄せる癖《くせ》があったという言に、克平は署に電話をして、すぐに似顔絵を描く警察官の派遣を要請した。

「それから、あとは～……」

手帳を見返しながらつぶやくと、結愛は自分から申告してくる。

「音は聞こえなかったから、ふたりが何を言ってたのかはわからない」

「あ、はい」

素直にメモを取る克平を見つめ、彼女はさらに続けた。

「あと、ふたりが公園にいたのは十分くらい」

「それ今訊こうと思ってたんだ」

「先に荻原さんが来て、時計を見てたから、待ち合わせてたっぽい」

「や～、オレも訊こうと思ってたんだ、それ。ほんと」

大人げなく、せめてもの見栄を張っていると、結愛はそれを察したのか口を閉ざし、心配そうに見上げてきた。

……沈黙が流れる。

「えぇと……以上かな？　他に何かある？」

「若い男の人はタバコを吸ってて、公園に捨ててた」

「めちゃくちゃありがとう！」

今度は余計なことを言わず、すぐさま公園へ鑑識をよこすよう署に連絡をする。

「あのな、結愛」

手帳を閉じ、克平は改めて少女に向き直った。

「こんだけ重要な証言が出てくると、他の刑事達も話を聞きたくなると思うんだ。今度ここに他の捜査員が来たら、こうして――」

「いや」

「どうして？」

にべもない返事に首をかしげるも、少女は頑《かたく》なだった。

「他の人はいや！　克平が来ればいい」

「けど、オレよりもベテランの人達が――」

「いや。絶対やだ」

「結愛――」

そこで、離れて様子を見ていた八重子が間に入ってくる。

「新明寺さん、ちょっと……」

うながされ、克平はせまい螺旋《らせん》階段を下りて隠し部屋を出た。

書架《しょか》のドアを閉じたところで、八重子が口を開く。

「結愛はもともと人並み外れて繊細《せんさい》で、内向的な子です。家庭でも学校でも、どうしてもうまくやっていけなくて、ここに閉じこもるようになりました。あの子は人を恐がっているんです。……正確には人とふれ合うことを」

「人とふれ合うのが恐い？」

「ええ。ですから、こんなふうに新明寺さんになついたことは、私にとっても意外なことなんです」

「そうは見えませんけど……」

結愛は、克平にはすんなり心を開いた。

確かに初対面のときはよそよそしかった上、なかなか視線が合わなかったものの、今ではきちんと話すようになった。

おまけにへそを曲げてみせ、叱られると泣いた。――普通の子供のように。

「これまでは、そういうことがなかったんです」

八重子は真剣な面持《おもも》ちで詰め寄ってくる。

「つまり少しずつ変わってきているのだと思います。もう少し大きくなれば、周りの色々なものと折り合いをつけられるようになるでしょう――。ですが、それまではあまり無理をさせたくありません」

「でもこれは捜査上、必要なことで……」

「結愛はまだ八歳。できることと、できないことがあります」

書架の前に立ちふさがる八重子を、困惑と共に見下ろした。

しかし一方で、自分の妹もまた人見知りが激しかったことを思い出す。

克平が学校の友だちを家に連れて帰ったとき、彼女は大抵部屋から出てこなかった。

よくわからないが、世の中にはそういう人間もいるのだろう。

克平は不承不承《ふしょうぶしょう》うなずいた。

「じゃあ今回は控えます。……でも、これを機に少しずつ慣らしていくっていうのは、どうですか？」

首の後ろをなでながら、そんな提案をしてみる。

部屋に閉じこもっていた結愛が、自分にはなついたという。それが事実なら、他の人間とうち解ける可能性もゼロではないだろう。

「慣らしていく？」

不安そうな相手に向け、小さく肩をすくめる。

「そう。人とふれ合うことに慣らしてくんです。……オレ、またちょこちょこ来ますよ。そしたらそのうち、他の人とも普通にしゃべれるようになるんじゃないですか？」

軽く言い放った克平の言葉に、八重子は虚を衝《つ》かれたように目を瞬かせる。「でしょ？」

と同意を求めるように見つめていると、彼女はやがて安堵《あんど》をにじませた小さな笑みを見せた。

「そうですね。ええ、そうなってほしいものです」

その後、どうしても被害者と口論していた若者の似顔絵だけはほしいという克平の必死の懇願《こんがん》により、図書館の三階にある八重子の部屋において、絵の得意な捜査員を招いての似顔絵作成が行われた。

捜査員は若い女性、おまけに居間のソファに座る結愛の両側を、克平と八重子でがっちり固めてのことである。

そのせいか、はじめは緊張して言葉少なだった彼女も、少しずつ言葉を発するようになっていった。

「くちびる、もうちょっと薄くて……もうちょっと長い……」

新たに呼ばれた捜査員は、少女の証言を忠実に再現し、黙々と絵を仕上げていく。

ほどなく完成した絵に結愛は大きくうなずいた。

「似てる」

しかしそれを見て、克平は困惑してしまう。

「……誰だこれ」

家族から入手した葛西涼一の写真を横に並べ、懸命に共通点を探してみるものの見当たらない。

それは写真とは似ても似つかない男だった。

「口論していた相手は、葛西じゃ――ない？」

とはいえ、公園の周辺で聞き込みを行った結果、被害者が若い男と公園で口論していたことについては、他の目撃者も出てきた。

事件前に被害者が何者かと会い、言い争っていたことはまちがいないようだ。

またしても容疑者につながる重要な情報を持ち帰った克平の評価はうなぎ登りだった。

おかげで、それまではつまはじきにされていたような重要な仕事もまかされるようになり、毎日忙しくなる一方である。

「戻りましたぁ～！」

二日後の朝、克平は奥村と共に署に戻ったその足で、班長のもとに向かった。

関係者への再度の聞き込みを行ったところ、愛媛県の松山《まつやま》に住む元秘書の女性と、被害者の荻原とが、最近まで愛人関係にあったという事実が判明したため、現地まで話を聞きに行っていたのだ。

一時間前に始発便で羽田《はねだ》に着いたばかりである。

それでも笑顔で挨拶《あいさつ》をした克平に、課の中でももっとも古株である班長は苦笑をにじませた。

「おぅ、おまえはいつも元気だな。おまけに朝日みてぇにさわやかだ」

かくいう班長もまた、昨夜は家に帰っていない様子である。まだ十時だというのに疲れをにじませた顔で、ふたりを迎えた。

「で、どうだった？　いい情報《ネタ》拾えたか？」

「元秘書と愛人関係にあったのは事実でした。あと……事件との関係は分かりませんが、荻原には何度かセクハラ疑惑が持ち上がったことがあるみたいです」

克平の報告に、班長は胡乱《うろん》げに応じた。

「セクハラ？」

「大学の女子学生を、口実を作って部屋に呼び出して、身体《からだ》をさわってたとか……」

手帳を開きつつ、詳細に説明する。

「一度、被害に遭《あ》った女子学生のひとりが、大学に訴えて問題になったそうです。そのときは秘書が間に入って、慰謝料《いしやりよう》を払うことで穏便にすませたそうですけど……」

「いつの話だ？」

「三年ほど前です。結局、学生の間にその噂《うわさ》が広まって誰も近寄らなくなったんで、それからは特にそういった被害もなくなったみたいです」

横から奥村がつけ加えた。

「念のため今の秘書にも確認しましたが、最近は起きてないそうです」

「よし。――おい、山田《やまだ》！　髙橋《たかはし》！」

班長が別の刑事を呼びつけ、報告は終了となった。

克平は自分のデスクに戻り、財布から引っ張り出した領収書を、そのまま引き出しに突っ込む。

それからふと思い立って、一度脱いだジャケットをはおった。

エレベーターホールに向かったところ、奥村と鉢合《はちあ》わせる。

「あれ、先輩、どこに？」

「着替えなくなっちゃったから、いったん帰る。あんたは？」

「ちょうどいい時間なんで、ちょっと……――あ、そうだ。先輩」

「ん？」

「女の子って何をもらったらうれしいもんですかね？」

「はぁ？」

ショートボブの凛々《りり》しい女刑事は、めんどくさそうに髪をかきあげた。

「なに、頭がボケるほど疲れた？　松山まで往復したくらいでへばる殊勝《しゅしょう》な体力だったっけ？」

「その前から各種聞き込みと防犯カメラのチェックで全然寝てませんけど、そうじゃなくて！」

大変不本意な言いぐさに、思わず反論してしまう。

「オレが女の子の話すんの、そんなにおかしいですか!?」

「おかしかないけど……、この状況で出会いあるのが信じられなくてさ」

そこに至って、克平は彼女の思いちがいに気づいた。

到着したエレベーターに乗り込みながら軽く笑う。

「や、そういうんじゃなくて、本当に女の子なんです。ほら、この間図書館で知り合った小学生」

とたん、奥村は思いきり顔をしかめた。

「ちょ、……犯罪者にならないでよ!?」

「ちがいます！」

全力で言い返し、結愛の現状について簡単に説明をした。

「──というわけで、妹の小さかった頃に似てるので、つい……。放っておけないってい
うか……」

「はーい」

話を聞いて、奥村が手を挙げる。

「アタシもその子に会いたいでーす。これ以上あんたにばっか手柄立てられたら立つ瀬が
ないしー」

「勘弁してくださいよ。それでなくても繊細《せんさい》な子なんですから」

「繊細な子が何であんたになつくのよ？」

しごくもっともな問いに、克平は首をかしげた。

「それはオレも謎なんですけど……」

『ホンノムシ』を訪ねる前に、克平は裏手の公園に立ち寄った。

事件の五日前。夜遅くに、被害者はここで何者かと言い争っていた──

その光景を思い浮かべながら周囲を見まわす。

すべり台と鉄棒、そして砂場があるだけの普通の公園だ。タバコの吸い殻《がら》はひとつもない。昨日やってきた鑑識が、すべて拾い集めたのだろう。

被害者はひと月ほど前にパソコンで「葛西涼一」の名前をくり返し検索していた。のみならず葛西のＩＣカードを所有していた。

（なんのために？　どうやって手に入れた……？）

ふと視線を感じて上を見上げると、窓から結愛が見下ろしていた。

そちらに向けて手をふると、彼女は小さく振り返してくる。

持参した土産《みやげ》を手に、克平は図書館の入口に向かった。

「こんちはー！」

受付に声をかけると、相も変わらず鉛筆を手にスケッチブックに向かっていた八重子が顔を上げる。

「あら、新明寺さん。こんにちは」

「克平でいいですよ。名字《みょうじ》よりも名前の方が圧倒的に体《たい》を表してますんで」

「まぁ」

「あ、これ、差し入れです」

軽く言い、手にしていたふたつのビニール袋のうちの片方を差しだした。

「あらどうも――これ……」

あたりにただよう匂《にお》いから、中身を察したのだろう。八重子はおずおずと袋の中をのぞきこむ。

克平は力いっぱいうなずいた。

「カレーです！」

喜ばれるものは何かなど、難しく考えるからいけない。やはり人間、自然体が一番である。

ということで自らの好物であるカレーを持参したのだ。

駅前のチェーン店のロゴの入ったビニール袋の中には、三人分の容器が入っている。

「カレー。……図書館に……カレー……」

ぶつぶつとつぶやく八重子の前で、克平は図書館を見まわした。

お昼時だというのに、テーブルには複数の客がいる。どうやら子連れの主婦のグループのようだ。

ソファにも個人の客が座り、本を手にくつろいでいる。

「結愛は部屋の中ですか？」

「ええ、今日は開館してすぐお客さんが来たので、引っ込んでしまいました。……呼べばドアを開けると思いますので、どうぞ」

「どうも。――あ、これどうぞ」

ビニール袋から取り出したカレーの容器をひとつ八重子に渡し、克平は本を探すふりをして隠し部屋の入口である書架《しょか》に近づいて行った。

テーブル席と入口とを隔《へだ》てるように置かれた書架の陰まで来たところで、軽く合図のノックをする。

「結愛？　おーい」

小さく声をかけた直後、ゴト……と音がして書架が奥に向けて動き、結愛が顔をのぞかせた。

今日はパフスリーブの白いシャツに、赤いチェックのジャンパースカートという姿。

隙間《すきま》に潜り込んだ克平を案内するように、先に立って螺旋《らせん》階段をのぼりはじめた彼女がつぶやく。

「いい匂い……」

「いいだろ。カレー持ってきたんだ。――わ、すげぇ」

明るい階段をのぼっていくと、小さな部屋の中央にある猫脚のテーブルの上に、分厚い本が何冊かのっていた。

「うわー、これ読んでんの？　おもしろい？」

「うん。……そうだ、これ――」

結愛はテーブルの上の一冊を手に取ると、克平に差し出してくる。

「すっごくおもしろかったから、オススメ」

「……オレに？」

結愛はうなずいた。

カレーの袋をテーブルに置き、受け取った本をぱらぱらとめくってみる。まぁまぁ字が大きくて読みやすそうだ。

「サンキュ」

読むかどうかは分からなかったが、いちおう礼を言った。それからテーブルの脇に積まれた新聞紙に目をやる。

主要紙のほかに地元の新聞もある。すごい数だ。

「これも読んでんの？」

「うん」

結愛はけろりと応じた。

「毎日これ全部読んでんの？」

衝撃のこもった問いに、彼女はすとんとうなずく。

「えらいな！　ニュースなんか、スマホでちょちょっとチェックするくらいだけど――」

笑顔で褒《ほ》めかけて、相手がまだ小学三年生であることに気づいた。

「……てか、内容わかんの？」

少女はまたうなずく。

「ほんとかよ。じゃあ……」

たまたま手に取った新聞の一面を指し、克平は試しに訊いてみた。

「この記事を簡単に説明すると？」

「国を代表するような大企業が、法律にふれるくらい質《しっ》の悪い製品を出荷してたのがバレたってこと」

「あってる！　すげぇ！」

心の底から感心すると、彼女はちょっと得意そうにつけ足す。

「三面と二七面に同じ事件についての記事がのってる。でもその事件については、そっちの新聞のほうがくわしい」

「マジですごい。尊敬するわ。オレなんか小三のときは教科書すらろくに読んでなかったのに」

「じゃあ何してたの？」

「小三のとき？　たしか……」

テーブルの上の新聞を片づけながら、遠い昔を思い返す。

「ドッジボールとか、サッカーとか？　とにかく校庭で走りまわるのが好きだったから、休み時間ってなると友だち連れ出して外で何かやってたな」

雨の日は教室内で鬼ごっこ。あとは湿気でぬれた廊下《ろうか》で、ひたすらスライディングをくり返してたような気がする。

自慢にもならない小学校時代について語りつつ、ビニール袋から取り出したカレーと飲み物のペットボトルをテーブルに並べた。

そして「ばばーん！」と効果音つきで、カレーの容器を開ける。

「今日も元気にカツカレー！　克平だけに！　なんて！」

「？」

スプーンのビニールを取りのぞいていた結愛は、きょとんと首をかしげた。

（――まぁいい）

すべったギャグを過去という名の水に流し、克平は瞬時に気を取り直す。

「そっちは甘口にしといたぞ。てか、ちがうカレーの方がよかった？　何か好きなカレーある？」

「……ホウレンソウのカレー」

「あぁ……あった、かな。うん」

メニュー表を思い返し、あいまいに言った。

のっていたとしても、自分の視界には入ってこない類《たぐい》である。

「小さくても女の子だなぁ」

つぶやいた後、二人でいっしょに手を合わせた。

「『いただきます』」

ほぼ同時にスプーンを手に取り、カレーを頬張《ほおば》ると、目を見合わせてうなずく。

「うまい！」

「うん」

結愛も、思いのほか大きな声で応じた。

やはりカレーを持ってきて正解だった。カレーは人間の心を開かせ、隔たりを取りのぞく夢の料理である。

すっかりくつろいだ空気にまかせ、前から気になっていたことを訊ねてみる。

「結愛はいつからここにいんの?」

「……一年前」

「そうか。……今どきの小学生は大変だな」

事情はよくわからないが、やはりいじめとか、色々あるのだろうか。

ペットボトルのお茶に手をのばしたとき、結愛がぽつりと訊ねてきた。

「克平は学校、楽しかった?」

「あぁ、たぶん。よく覚えてないけど、ヤな思い出とかは特にないな。小学校も中学も。高校は男子校でめっちゃ楽しかった」

克平は自他共に認める楽天家である。悩みらしい悩みとは縁がなく過ごしていた。

「バスケ部だったんだけど、けっこうレベル高くて、大会とかでも上のほうねらって頑張ってたから、きつかったけど楽しかった。そういうスポ根っぽいの、きらいじゃないから。オレ」

「ふぅん」

「クラスの連中も本物のバカばっかだったしなー。ヤな教師にイタズラしたり、夜に学校に忍び込んで遊んだり、色々しょうもないことして——」

「何で夜に集まるの? お昼じゃダメなの?」

「昼に学校行くなんて普通じゃん。夜に忍び込むのがいいんだよ」

なんでそんなことをしたのか、もう覚えていない。特に意味などなかった気もするが、ひたすら楽しかったことだけは覚えている。

思い出すままに話していた克平は、そこで結愛がじっとこっちを見てることに気づいた。

まるで言葉の中に入り込もうとするかのような——耳にした言葉を頭の中で組み立てて舞台にし、その中に自分を置いているかのような。

ひたむきに見つめてくる眼差《まなざ》しに、ふと疑問が口をついて出る。

「学校、行きたいのか?」

しかし彼女は首を横に振った。

「……そうか。まぁ、普通の小学生は新聞なんかそうそう読まないしな。結愛みたいに頭いいと、周りとも話合わなくてしんどいかも——」

「わたしは……っ」

ふたたび頭を横に振りながら、彼女はひどく沈痛な面持《おもも》ちになった。

「……わたしは、ダメな子なの」

「…………」

しばしの沈黙の後、克平は「は?」と声を上げる。

「ダメ？　何が？」

結愛はすばらしい頭を持っているようだ。つまり将来、普通の人間よりも勝ち組になりやすい素質を備えているというのに。

不思議な思いで訊き返すと、彼女は今にも泣きそうなほど思い詰めた様子で応じた。

「ぜんぶ」

「――――……」

（いや、意味わかんないし）

思わずカレーを食べる手を止め、首をかしげる。

見た感じ、本人はそう思い込んでいるようだ。何か部外者にはわからない悩みがあるのだろう。

スプーンでカレーをすくい取り、克平は自分が思うままをストレートに主張した。

「色んな見方があるのかもしれないけどな。でもオレは、結愛のおかげで大事な証拠品とか、容疑者につながる有力な情報とか手に入れられた。特に証拠品のほうは、結愛が気づかなきゃ誰も見つけらんなかったと思うし、賞状あげたいくらいすごい手柄だぞ？　あと毎日こんなに新聞読んで、内容も理解できるとか、本当に頭いいんだなうらやましいな～ってさっき思ったんだけど」

ひとつひとつ挙げていくのを、彼女は外国の言葉でであるかのような、とまどい顔で聞いていた。

それから居心地が悪そうに真っ赤になる。

「……でも……」

褒められ慣れていないのだろう。口ごもる少女に向け、文字通りダメ押しをする。

「結愛がダメな子なわけないだろ」

しかし結愛は頑《かたく》なに首を横に振った。

「ちがうの。わたしは……いつも、どこにいっても、『普通』じゃなくて、……うまくいかなくて……」

※

「わたしの通ってた学校は、克平の学校とはちがう……」

結愛は迷いながら、ぽつぽつと自分のことを話した。

結愛のいた小学校では、『普通』であることが至上の価値とされていた。

普通に授業を受けて、普通に友だちと仲良くし、普通に遊ぶ。それが子供のあるべき姿なのだと。

でも結愛は、どうしてもそうなれなかった。

「わたしは、ダメな子なの……」

苦しい思いで告白する。

克平は、本当の結愛のことを知ったら、どう思うだろう？　――そんな不安に苛《さいな》まれながら。

（でも――）

自分がどんな子か、話すなら今がいい。でないと……うんと親しくなってから明らかになって、それで彼が離れていってしまったら、きっと今失うよりもつらいだろうから。

「うんと小さい頃から、おかしな子って言われてた……」

まだ物心がつく前から、父親が買ってくる今どきのおもちゃには見向きもせず、素朴《そぼく》な積み木や、木製のブロックの方を好んでいたという。それもひとりで黙々と遊んでばかりでいたらしい。

一番古い記憶は三歳のとき。父親が会社の忘年会から持ち帰った千ピースのパズルに夢中になり、半日ほど食事にもトイレにも行かず、ひとりで完成させたことだ。

両親は褒めるよりも先に困惑しているようだった。

特に父親は、勉強がきらいで高卒で就職した人である。異質な娘を、彼は傍目《はため》にもわかるほど持てあましていた。

その後、幼稚園に入ってから問題はますます大きくなっていった。集団行動を取ることができず、ひとりでまったくちがうことを始めてしまい、保育士に幾度となく注意された。そのときは理解しても、一度何かに気を取られると、またすぐに周りが見えなくなってしまう。そのくり返しだった。

次第に結愛は、自分が普通の子と同じように行動できないことを自覚していった。

そしてそれは大きなコンプレックスになった。

小学校に上がると、周りに合わせようと過度に神経を使うようになり、結果、強いストレスに見舞われ、パニック症状を起こすまでに至った。

なじもうと努力すればするほど、齟齬《そご》は際立《きわだ》っていき、周りを困らせてしまう。

どんなに自分を殺してもうまくいかない。

そうこうするうち、周囲は結愛をはじき出そうとするようになった。


——あ、変人だ。

——変人、またひとりで本読んでる。

まるで喉《のど》に刺さった小骨のように、吐き出して、自分達の中には入れないようにした。

なかなか友だちができないことを相談した母親へ、担任の教師はため息をついた。

『うちのクラスの生徒たちは、悪い子じゃないんです。どちらかというと問題は結愛ちゃんのほうに……』

その言葉に、母は深くうなずいた。

『ご迷惑をおかけしてすみません』

自分が異物であるせいで、周りに悪い影響を与えていると痛感したのは、その時。

母を謝らせている自分のありようが、ただただ悲しかった。

※

「わたしが普通じゃないから……、普通にできないから、そんなことになる」

この上なく深刻な口調で、結愛はそんなことを説明した。

だがしかし克平はふたたび首をひねる。

やっぱりわからない。さっぱり理解できない。

眉根《まゆね》を寄せて腕を組み、おもむろに訊き返した。

「普通って何？」

克平はおそらく、結愛の言うところの『普通』の中で暮らしてきた。

（けど集団行動を乱すやつなんてどこにでもいたし、だからってそいつらがのけ者にされるかっていったら、……別にそんなこともなかったけどなぁ？）

しかし結愛は本気で悩んでいるようだ。

真剣に思い詰め、周りとうまくやれない自分はダメだと信じ込んでいる。

話の感じだと、親ともうまくいっていないのかもしれない。

（だからひとりでここに閉じこもってるのか……？）

何であれ、とにかく自分を否定する気持ちを何とかしなければ。

沈んだ空気を払うように、克平はあえて明るい声を出した。

「よし、じゃあこうしよう！　――今から『気にしない』のまじないを教える」

「おまじない……？」

「そうだ。正直かなり効果がある。……いいか」

ごく真剣な面持《おもも》ちで前置きをし、スプーンを掲《かか》げてみせる。

「このスプーンの上に、ご飯と、カレーと、自分が失敗した記憶とをのせる」

「え？」

「ほら、のせてみろ」

「……………うん」

「で、ひと口で――食べる」

言った後に実演してみせた。もぐもぐ、ごっくんと飲み込むと、結愛は素直に真似《まね》をする。

「飲み込んじまったもんのことは、もう忘れる。気にしない。思い出さない。なぜなら！」

芝居がかった口調で言うと、彼女は真剣な面持ちでうなずいた。

「ご飯やカレーと一緒に消化されてから、ウンコになるだけだから！」

「――――――」

大学時代、部活の仲間との食事中にこの話をしたときは、ここで盛大なツッコミが入った。

しかし結愛は、ただだあ然としている。

（あれ？　またすべった……？）

「失敗の記憶なんてウンコみたいなもんだ。普通思い出さないだろ？　消化した後の残りカスのことなんか」

ビミョーな沈黙に気まずさを感じながら、それでも胸を張って言いきった。

こういうのは強く言いきるほうが、相手にとっての暗示となる。

結愛は、どう反応すればいいのか迷うように固まっていた。大きな目が上の方へさまよう。どうやら想像しているようだ。

蛇がとぐろを巻いているような形の、アレを。

ややあって、顔をくしゃりとさせて笑い出した。

「変なのー！　克平の考えること、変！」

すんだ声を張り上げて笑う少女の笑顔に、克平は心底ホッとする。

よかった。多少なりとも意図は通じたようだ。

「オレが考えたと思うだろ？　ところがちがうんだな、これが」

「じゃあ誰？」

無邪気な問いに、一瞬の沈黙の後、意識して浮かべた笑顔で答えた。

「――妹」

「妹いるの？　どんな人？」

てらいなく見上げてくる様が、よく見れば似ている――

同じ髪型。同じような大人しい性格。

胸の内に発した情と、わずかな痛みから目をそらすように、克平は腕時計を見やった。

「その話はまた今度な。もう行かないと」

※

「何かいいことあったの？」

図書館の窓を閉めていた八重子が声をかけてくる。

「めずらしく、ちょっと笑ってた」

「笑ってた？」

訊ねると、八重子は訳知り顔でうなずいた。

「克平さんのカレー、おいしかったわね」

『ホンノムシ』はいつも午後六時に閉館する。

閉館後の、八重子以外に人のいない図書館に出てきて、結愛は明日読む本を選んでいた。

以前は、結愛の読みそうな本を八重子が隠し部屋まで持ってくるのが常だったが、いつからか八重子以外の人がいなければ、部屋から出てくることもできるようになった。

あの出来事から、そうなるまでに一年かかった。

この一年間、結愛の心は常に厚い雲に覆《おお》われ、決して晴れることがなかった。

けれど今日、一年ぶりに日が差したように明るくなった。

コーンをとりのぞいたソフトクリームのようなアレを思い出し、ふと口元をほころばせる。

八重子が柔らかく言った。

「克平さんね、これから結愛が協力した、あの似顔絵を持って色んな人を訪ねるんですって。荻原さんが殺される前、公園で会っていた人を探すために」

「ふぅん」

結愛は公園に目をやった。

あの日、何気なく眺めていた光景が、これほど大きな事態に発展するとは思いもしなかった。

もし知っていれば、あの夜、公園で荻原と口論していた青年を、もっと注意深く観察しただろうに。——それが克平の仕事の助けになると知っていたなら。

『結愛がダメな子なわけないだろ』

あんなこと、八重子以外は誰も言ってくれなかった。

八重子のことは、もちろん大好きである。けれど身内ゆえに、うれしさの種類がちょっとちがう。

　克平が言ってくれたから、胸いっぱいにうれしさがふくらんで、風船のように、そのまま空を飛んでしまいそうな気分になった。

　外に向けて走り出してしまいたくなるほど、心が軽くなった。

　こんなのは初めてだ。

（妹……どんな人なんだろう……？）

　訊ねたとき、彼の目にふと哀しみがよぎったような気がした。

　まるで本を閉じるように、さりげなくも突然、会話を切り上げた。

　訊いてはいけないことだったのだと、すぐに察した。

「結愛、自分で出した本は自分でしまって」

　書架《しょか》に戻そうと隠し部屋から持ってきた本に目をやって、八重子が言う。

「うん」

　手近な椅子《いす》を踏み台にして結愛は読み終わった本を片づけていく。

　一冊だけ欠けていることでできた隙間《すきま》を見上げ、ちょっとワクワクした。克平は結愛が薦《すす》めた本を気に入ってくれるだろうか？

　それを考えると、彼の次の来訪を待つのが、いっそう楽しみになった。

三章　克平、大失敗をする

「結局誰なんすかね、こいつ……」

手にした似顔絵を見ながら、克平《かっぺい》は何度目かわからない問いをつぶやく。

「それを知るために探してるんでしょうが」

奥村《おくむら》がうっとうしそうに応じた。

はるばる名古屋《なごや》へ赴《おもむ》き、葛西涼一《かさいりょういち》の家族や知人に似顔絵を見せてまわったものの、誰も似顔絵の少年について知っている者はいなかった。

この似顔絵に反応したのはひとりだけ。

万引きをした「カサイリョウイチ」を捕まえた西新宿《にししんじゅく》のコンビニの店長は、似顔絵をひと目見て、自分が捕まえた少年だと断言した。

事件に関係しているふたりが同姓同名とは考えにくいので、似顔絵の少年がとっさに葛西の名前を名乗ったと考えるべきだろう。

ひとまずそのコンビニから半径を広げるようにして、ファストフード店やカラオケ、ネットカフェ、その他若者が利用しそうな店舗《てんぽ》を中心に、似顔絵の少年、および葛西涼一の写真に、見覚えがないか訊いてまわっているところだ。

しかしひと晩、足を棒にして歩いたものの収穫《しゅうかく》はなかった。

現在、午前四時半。そろそろ始発時刻である。

八月も終わろうとしているこの時期、早朝とはいえ周囲はすでに明るい。

夜の喧噪《けんそう》が嘘のように、通りはけだるい静寂に包まれていた。

ちらほらと駅に向かう人影が目につく街路を歩きながら、欠伸《あくび》をかみ殺す。

「コーヒー欲しいッスね。次のコンビニで買おうかな……」

すかさず奥村が便乗してきた。

「いいね。アタシのも買ってきて」

「そんなナチュラルにたかられても……」

「いいじゃないの。あんた最近ちょこちょこ幼女に会って癒《い》やされてるんでしょ？」

「妙な言い方しないでください」

「今日も行くの？　例の図書館」

「はぁ、時間があれば……」

曖昧《あいまい》に言い、克平は頭をかいた。

実は昨日、またしても少々機嫌をそこねてしまったのである。

「またカレー持ってこうかな」

「……何やらかしたの？」

「や、なんていうか……」

まず、顔を見るなり先日借りた本の感想を求められ、まだ読んでないと返したところ、ちょっと拗《す》ねてしまった。さらにその後——

「冗談のつもりで『秋田にはなまはげが多数棲息《せいそく》してて、祭りの時だけ人里に下りてくる』って話をしたら信じちゃって」

大笑いした末にウソだと明かしたところ、すっかりつむじを曲げてしまった。

「気をつけないと、素直な子だから、こっちが話すこと何でも信じちゃうんですよね」

わはは、と笑う克平に、奥村が眉根《まゆね》を寄せる。

「心配だわ。そんな子をあんたみたいな体育会系バカの近くに置いておくのは」

「ピカソは画家だってことなら、もうまちがえませんよ」

「それだけじゃないでしょ。あんたこの間も荻原《おぎわら》の奥さんと話してて、ダ・ヴィンチの作品を『最後の晩酌《ばんしゃく》』って言ってあ然とさせてたでしょ？」

「……晩餐《ばんさん》を読みまちがえてたんです。むしろ晩酌じゃなかったことがショックでした」

「あんたはもう、無理にアカデミックな話すんのやめときな。墓穴掘るだけだから」

「先輩だって班長から『走れトロイカは、ロシアの朗《ほが》らかなトロとイカの歌だ』って言われたの、信じたそうじゃないですか。聞きましたよ」

「あれは酔ってたの！」

どなった奥村は、ふいに克平の胸ぐらをつかんできた。

「す、すみません……っ」

「ちがう」

厳しい声音《こわね》で言い、彼女は目線で克平の後ろを示す。

「ふり向くなよ？　……あんたの右手後方にいる」

「え？」

反射的に首を動かしかけて、声を押し殺した奥村に怒鳴られる。

「ふり向くなっつってんだろ！」

「すみません！」

飲食店のウインドーに映った背後の景色を確認すると、確かにひとりの少年がスマホをいじりながら歩いている。似顔絵の顔に似ているようだ。

すぐさま奥村と目線で合図を交わした。

二手に分かれ、前後からはさみこむようにして近づいていく。

道をふさぐ形で前に立った克平に、少年がスマホから顔を上げた。

「君、ちょっと……」

こちらは何の変哲もない灰色のスーツ姿である。しかし向き合う姿勢から正体を察したのだろう。

「────っっ」

突然、少年は物も言わずに走り出した。そして横手にあったせまい通路に飛び込む。

奥村が「待て！」と言う前に、克平は走り出していた。

細い路地を逃げる相手を全力で追いかける。幸い、体力のみならず足の速さにも定評がある。いくつも角を曲がらぬうちに、克平はあっさり少年に追いついた。

後ろからTシャツをつかむと、相手はふり向きざま、やけくそになったように殴《なぐ》りかかってくる。

「クソ！　はなせよ！」

闇雲《やみくも》に襲いかかってくる相手の手首をつかみ、懐《ふところ》に入ってから思いきりひねった。青年の身体《からだ》は軽く宙を舞い、地面に倒れ込む。

なおも暴れる相手の腕を取り、体重を掛けて押さえつけると、少年は顔を歪めて毒づいてくる。

「テメェ！　放せ！　オレは何もしてねぇ！」

わめく相手から腕時計に目を移し、克平はやってきた奥村に向けて晴れやかに笑った。

「午前五時十三分。公務執行妨害で逮捕。──コーヒー買う必要なくなりましたね」

※

「はよーざいます！」

図書館の玄関口で、明るく溌剌《はつらつ》とした克平の声が聞こえてくる。

心なしか声ばかりでなく、足取りも弾んでいるようだ。

ちょうど開館したばかりの時間のため、客は誰もいない。結愛《ゆあ》はクーラーの効いた涼しい館内で、テーブルに新聞を広げている最中だった。

だがしかし。

もし克平が声をかけてきたとしても、ふり向かないと決めている。

（わたしは、まだ怒ってる）

昨日のあの一件。

なまはげという生き物がいると言い、写真を見せて、適当なことを並べ立てて、さんざんこちらを感心させた後で、「こんな与太話《よたばなし》、信じるとは思わなかった！」と大笑いしたことは、まだ許していない。

克平が真剣に謝るのなら許してもいいけれど、「ごめんごめん」程度ではダメである。

入口の様子に耳をそばだたせていると、どかどかと大きな足音がまっすぐこちらに近づいてきた。

謝るか、それともなかったことにして、ごまかそうとするか？

そのどちらかだと思っていた結愛の予想は、完全に外れた。

なぜなら。

「結愛！」

「わぁっ……」

克平は突然結愛を抱き上げ、頭の上まで持ち上げたのである。

「捕まえた！　重要参考人、オレが捕まえた！」

どうやらものすごく喜んでいるようだ。

くるくるまわりながらのはしゃぎように、目がまわってしまう。

つられて笑っていた八重子《やえこ》が訊ねた。

「重要参考人って、例の、荻原さんが亡くなる前に公園で会っていた相手ですか？」

「はい、たぶん」

「たぶん？」

克平は結愛を下ろしてテーブルの上に座らせる。

「似顔絵の男によく似てます。刑事を見て逃げたことといい、おそらく当人と見てまちがいないと思います。けど、いちおう目撃者である結愛に顔を確認してもらいたいのが本当のところで……」

「……ということは、結愛を警察署へ？」

「できれば、そうしてもらいたいんです。もちろんオレも付き添います」

八重子は少し迷うそぶりを見せた後、結愛の前に立ち、肩に手を置いてきた。

「どう？　できそう？」

「――――……」

問いに、結愛は瞳をさまよわせる。

それは図書館から外に出るということだ。

一年前からずっと閉じこもっていた、この安全な砦《とりで》を後にして、大勢の、見知らぬ、不特定多数の人間がいる世界に向かう？

（そんな――）

考えるだけで、胸がやんわりと圧迫されるような不安を感じた。

（でも……）

目の前に立つふたりを見ると、克平は拝むフリをしてくる。

「頼む。オレを助けると思って」

「結愛……」

八重子もまた、期待を込めて見つめている。

彼女は世間に対して心を閉ざしてしまった結愛を、だまって受け入れてくれた。しかし一方で、いつか結愛がそれを乗り越え、普通に暮らせるようになることを望んでいる。

ふたりから、ここで一歩を踏み出すのを待たれている――

それが痛いほど伝わってきた。

「――……」

わかった、と言いたい。そうすれば彼らは喜んでくれる。

心の声は、そちらに向けて傾いている。しかし実際の声は喉《のど》のあたりで凍りついたまま、なかなか出てこなかった。

「……わかった」

しばらく待った後に、そう言ったのは克平だった。そして笑顔を浮かべる。

結愛を思いやる笑顔を。

「いきなり言われても無理だよな。ごめん。写真も持ってきてるから、ここで確認してもらってもかまわない」

説明をしながら、彼は自分のスマホを操作した。

「こいつなんだけど……」

差し出されてきたスマホの画面を、結愛は情けない思いで見つめる。

優しくされるだけなのは、いや。自分も誰かの力になりたい。

どこかへ行くだけで役に立てるのなら。克平や八重子が喜んでくれるというのなら。

――頭ではそう考えているというのに、どうしても身体が動かないのだ。

スマホを眺めたまま、結愛は力なくうなずく。

「……六月三十日の夜、荻原さんと公園で会っていたのは、その人」

克平は「サンキュ」と言って、頭をなでてきた。

身体が傷ついたとき、痛くて動けなくなるように、心が深く傷つくと、何もできなくなってしまうものなのだという。

そういうとき、身体の傷と同じように、心の傷も、ゆっくりと休めることで回復させなければならない。——結愛が一室に閉じこもり、誰とも会わなくなったことを、病院の先生はそんなふうに八重子に説明したと聞いた。

それならば、身体が傷ついて動かないでいると体力が落ちてしまうように、心の傷でも気力が萎《な》えてしまうことはあるのだろうか……？

（どうして、一緒に警察署に行けなかったんだろう？）

克平と八重子が一緒なら、不安なことなど何もないだろうに。

悩みに悩んだ末、自分を奮《ふる》い立たせる心の力が衰えてしまったのかもしれないという結論に達した。

（動かなきゃダメだ。いつまでもここにいるわけにはいかない……）

そんな焦りが初めて生まれた。

真綿にくるまれたような生活に慣れていては、心も身体も、どんどん弱い子になっていってしまう。——そんな、これまでとはちがう不安が頭をもたげた。

克平はがっかりしてしまっただろうか？

せっかく外の世界へと誘ったのに、「頼む」とお願いまでしたのに、結愛が応えられなかったことに、あきれてはいないだろうか。

もう来なくなったりしないだろうか？

翌朝、結愛は新聞を読みながら、どうしてもその内容に集中することができずにいた。普段であれば、テーブルに新聞を広げるや何もかも忘れて没頭してしまうというのに、今日は字面《じづら》を追うばかりで一向に内容が入ってこない。

克平に見捨てられてしまうかもしれないという心配が、ぎゅうっと胸をつかんでいる。

――――と。

「こんにちはー」

玄関口で人の声が聞こえ、結愛はパッとふり向いた。

しかし現れたのは近所の主婦らしき女性だった。本を返却しにきたようだ。こちらに目を留めて笑顔を浮かべつつ八重子に言う。

「どこの子かしら？　見ない子ね」

「私の孫なんですよ」

「あらぁ、お孫さん？　かわいいわねぇ」

受付からそんな会話が聞こえてくる。

新聞を読むフリを続け、結愛ははぁ、とため息をついた。

今日は何度同じことをくり返しただろう？

もうすぐ午後二時。いつもならとっくに読み終わっているはずの新聞の数々が、今日はまだ傍《かたわ》らに積まれている。

ふたたび紙面に目を落とした、そのとき。

入口のほうからドカドカと、にぎやかしい足音が聞こえてきた。

「…………!?」

今度こそ期待を込めて入口をふり返る。そこにいたのは——

「ちわー！　結愛、カレー買ってきたぞ！」

図書館中に響きわたる快活な声と、食欲をそそるスパイスの香りに、結愛は椅子《いす》から飛び降りた。

走り寄った結愛を受け止めながら、克平は驚いたように言う。

「あれ？　他のお客さんいるのに、出てきてもいいのか?!」

意外そうな問いに、結愛は言葉もなく、こくこくとうなずく。

克平はその頭をぐりぐりとなでてきた。

「すごいじゃないか！　えらいえらい」

「今住んでるアパートは、ここ。職場の近く。——実家は……このへん」

アンティーク調のソファ椅子に腰を下ろし、カレーを食べながら克平が地図を指した。

いつものように克平はカツカレー、結愛はホウレンソウのカレーである。

図書館の中は飲食禁止のため、隠し部屋に引っ込んで遅めのランチをとっているところだ。

せまいテーブルの上に広げた二十三区の地図を、結愛はふむふむと見下ろした。

克平の実家も、アパートも、どちらも都内。電車に乗ればさほど遠くない距離である。

「実家にはよく帰る？」

「いや、そうでもないな。仕事忙しいし。どっちかっつーとお袋がちょくちょく食材持ってくる」

「ふぅん」

克平の人柄を見ていると、どのような家族なのか分かる気がする。きっといい人達なのだろう。

仲の良さそうな関係をうらやましく思いながら、相づちを打つ。

「優しいお母さんだね」

「暇なんだろ。他にかまう相手もいないし」

「え、でも……」

妹がいるのではなかったか。

そう訊き返そうとして、とっさに呑《の》み込んだ。克平はその話題を好まないようだったから。

しかし口ごもる様子から察したのだろう。彼は目を伏せて応じる。

「妹はもういない」

「いない……？」

「死んだんだ。四年前に」

カレーを食べながら、何でもない口調で言った。

（でも――）

人の心の機微に敏感な結愛にはわかる。

何でもないふうを装《よそお》っているだけで、克平にとってこの話題は、まだ過去になってはいない。

もしかしたら、彼の心の傷になっているのかもしれない。

他の話題を探すべきか、少し迷った末、結愛は正直に訊ねてみた。

「克平がここに来てくれるのは、そのせい？」

事件についての情報をあらかた得た後になっても、こうして訪ねてきてくれることには、何か特別な理由があるのだろうか。

結愛を亡くなった妹と重ねているのだろうか？

指摘に、彼は小さくうなずく。

「あぁ、そうだな。それもある」

そしてカレーの食べ残しをかき混ぜながら、ぽつぽつと話し始めた。

妹の名前は晴夏《はるな》。

四年前、高校一年生だった彼女は、ある日突然自ら命を絶った。

下校中に線路に飛び込んだのだ。

遺書はなく、彼女がなぜそんな行動に至ったのか、今もなお謎のまま。

「何か悩んでたのかもしれない。でもオレは昔っからこう……鈍くてさ。何も気づかなかったんだ。あいつが死ぬほど苦しんでいたかもしれないっていうのに——一緒に暮らしてたのに、全然気がつかなかった」

克平は噛《か》みしめるようにそう語った。

晴夏はおとなしく、おっとりした性格で、誰からも好かれていた。仲の良い友だちもいて、勉強はそこそこでき、部活も楽しくやっていた。

「友だちに言わせると、自殺する数日前から少し様子がおかしかったらしいんだけど。……その子達も、何があったのかまでは分からないらしくて——」

話を聞きながら地図を眺めていた結愛の頭の中で、ふと思いつくことがあった。

地図に書かれた地名——克平の実家があるという、その街と、四年前。

ふたつの情報が結びつき、記憶の引き出しが開かれる。

(そうだ。前に、新聞の記事で読んだ……)

結愛の目は、街の名前に吸いついたまま動かなくなる。

「結愛は晴夏の小さい頃と雰囲気《ふんいき》が似てるなって、最初に見たときに思って……、それでなんとなくほっとけなくなったのかも。……結愛？　おーい」

克平が目の前でひらひらと手を振ってくる。

「どうした？」

「……連続婦女暴行事件」

「は？」

地図上の、克平の実家があるという街を指さして、結愛は言った。

「ここで、同じ手口の暴行事件が二年間で五件も起きたって、新聞の記事になってた。被害届が出てるのが五件っていうだけで、実際にはもっと多く起きている可能性があるって。

――三年前に読んだ」

「――――……」

克平は、あ然としていた。しかしやがて、みるみるうちに青ざめていく。

「――で？」

続きをうながす声はどこまでも低く、結愛はぎくりとした。

（怒ってる……？）

それも、かなり激しい怒りを抱いているようだ。

鋭敏な結愛の感覚はそれを感じ取り、まるで氷の海に放り込まれたような気分になった。

喉《のど》がからからに干上《ひあ》がり、声が出てこない。

相手の激しい感情に中《あ》てられて、頭が真っ白になってしまう。

「だからなんだよ？」

くり返しの冷ややかな問いへ、結愛は大きく首を振った。

「……なんでも、ない……」

「晴夏がその事件の被害者だって言いたいのか?」

「ちが……っ」

「ちがわないだろ。でなきゃ、なんで今そんなこと言うんだよ?」

「──────……」

人を自殺に追い込むほどの苦悩が何なのか、結愛には分からない。

ただ、学校生活の中に何の原因もないというのなら、もっと他の出来事がきっかけになっているかもしれないと考えたのだ。そして、その地域で何か特別な出来事があっただろうかと思い返したときに、ひとつだけ該当《がいとう》する新聞記事があることに気づいた。

時期的にもぴったりだったから、つい口にしてしまった。

それが、こんなにも克平を怒らせることになるとは思いもせずに。

「……ご……ごめんなさい……」

恐ろしさに顔を上げることもできず、結愛はカレーを見つめたまま、もごもごと小さく言う。

ちっ、と舌打ちの音をたて、克平は勢いよく立ち上がった。

「――今日はもう戻るわ」

自分の食べた分だけを手早く片づけて言い、克平はソファ椅子《いす》の背にかけていたジャケットを手に取ると、足早に螺旋《らせん》階段を下りていく。

パニックに凍りついていた結愛は、その背中に向けてもう一度くり返した。

「ごめんなさい……っ」

必死に声を張り上げながら、目頭《めがしら》が熱くなる。

結愛の言葉を聞いて、またたくまに青ざめた克平の顔を思い出した。ひどく硬くこわばっていた暗い表情を。

ひどいことを言ってしまったのかもしれない。

遅まきながら理解し、涙がこみ上げてくる。

『連続婦女暴行事件』がどのような事件なのか、具体的にはわからない。けれどそれは、克平の中で絶対に妹と結びつけたくないものであったようだ。

「……ごめんなさい……っ」

去ってしまった相手に向け、必死に訴える。

克平が買ってきてくれた、ほうれんそうのカレーの上に、ぽたぽたと涙がこぼれ落ちた。

悲しくて、悲しくて、涙が止まらない。

喉が締めつけられるように苦しくなり、顔がゆがむ。

「……ごめ……なさ……っ」

涙は止まらないどころか、後から後からあふれ出してくる。

食べかけのまま片付けられたカツカレーの容器を見つめ、結愛はその後、幾度もひたすら謝り続けた。

※

(あぁ、クソ！　何やってんだ……っ)

図書館を飛び出した克平は、真夏の暑さの中、駅に向けてのゆるやかな下り坂を歩きながら、己を叱責《しっせき》した。

実家からそう遠くない地域で、女性が襲われる事件がたびたび起きていたということなら、当時の自分の耳にも届いていた。にもかかわらず、それを晴夏と結びつけたことは一度もなかった。

当然、疑ってみるべき事態だったというのに！

(むしろなんで気がつかなかったんだ！)

そんな悔恨《かいこん》を抑えきれず、動揺《どうよう》のあまり結愛に当たるようなことを言ってしまった。

（ちがうだろ……!?）

結愛は悪くない。

責められるようなことは何ひとつしていない。

それどころか重要な情報をもたらしてくれたかもしれないのに。

（気にしてるかな？　してんだろうな。――や、めちゃくちゃしてるよな……）

帰り際の、必死に謝る声を思い出す。以前、克平に叱《しか》られて泣いてしまったときの顔も。

理不尽な怒りを向けられて、今頃どれだけ気に病んでいることか。

（悪い。後で謝るから――）

今は、妹の死の真相の手がかりになるかもしれない事件のことだけで頭がいっぱいだった。

（いや、まだだ。まだそうと決まったわけじゃない……）

うだるような暑さに噴き出した額の汗を手の甲でぬぐい、駅の改札を通って階段を駆け下りる。

ホームにいた電車に飛び乗るやスマホを取り出し、四年前の事件について検索した。しかし結愛が話していたこと以上の情報はない。

ネット上のニュースは、どれも三年前の同じ日付で発表されたものである。

半径一キロ以内のせまい地域で、二年間に五件もの婦女暴行事件が起きた。犯人の外見や犯行の手口が酷似《こくじ》していることから、警察は同一犯の犯行と見て捜査を進めている。

……それだけだ。

天神《てんじん》警察署に戻ると、克平はさっそくパソコンに向かい、共有のデータベースを使って当該《とうがい》事件について調べてみた。

それによると、新聞記事が出た後にも二回事件が起きていた。現場は毎回ちがうものの、遅い時間になると暗くて人通りの少ない場所ばかり。そのことから犯人はこのあたりに土地勘のある人物と思われる――

資料を読み進めるうち、潮が引くように自分の血の気が引いていくのを感じた。

「ウソだろ……」

被害者は全員高校生。それも都立涼清《りょうせい》高校――晴夏が通っていた学校の生徒ばかり。

鼓動が速くなる。

被害に遭《あ》った生徒達は皆、遅い時間に下校中、人気《ひとけ》のない場所で襲われている。

被害届の中に晴夏の名前はなかった。だが――

「――――……」

最後の項目に書かれた「未解決」の文字をにらみつけた後、克平はパソコンの前で頭を抱えてしまう。

四年前、ふいに襲いかかってきた悲劇は、いまだに家族の上に重くのしかかっている。両親は娘が命を絶った理由を探し求め、幾度となく彼女の遺品をひっくり返した。克平は、妹が何がしかのサインを発していたのではないか、何か気づくことはなかったかと悩み続けた。

今なお、常に頭のどこかで考えている。普段は意識の片隅に追いやっていても、片時も忘れることがない。

（晴夏の自殺の原因が、この事件だと決まったわけじゃない……。けど――）

「克平、戻ってたの?」

ふいに奥村に声をかけられ、克平はハッと顔を上げた。

「……あ、はいっ」

さりげなくパソコンの画面を閉じながら向き直ると、奥村はドカッと自分の椅子に腰を下ろす。

「あいつダメだわ。全っ然しゃべらないの!　ガキんちょのくせに、こっち舐《な》めくさってて」

「……あぁ」

昨日捕まえた、荻原哲治《てつじ》殺害についての重要参考人の少年――いや、青年のことだ。

名前は諸住直也《もろずみなおや》。十九歳。

都内の高校を中退した後、アルバイトで生活しているフリーターだった。

関係者によると、一年ほど前から金まわりがよくなったらしい。また過去に一度、窃盗《せっとう》と傷害で在宅起訴されている。そのせいか暴力的で気が荒い反面、警察のやり方に通じてもいるようだ。

荻原殺害についての事情聴取には、何も知らない、荻原なんて人間も知らない、殺害前に会っていたのは自分じゃないと言い続けていた。

「なにぶん目撃証言以外に証拠がないからね。本人が認めないんじゃ進めようがないわよ」

奥村が放り投げるように言う。

そもそも逮捕は公務執行妨害の罪状。おまけにこちらは無傷なので起訴できるかどうか微妙だ。勾留《こうりゅう》できる時間にも限りがある。

その間に、事件に関与したことへの証拠、あるいは荻原と諸住とのつながりを証明するものを見つけなければ、それまで。――だったことを思い出す。

克平は仕事に気持ちを切り替えた。

「葛西については何て言ってるんですか?」

「なぁんも反応なし。だんまりよ。そっちは?」

「二人のバイト歴等を中心に調べてますが、今のところは何も――」

冴えない返事に、奥村はため息をついて立ち上がる。

「バイト先、全部まわったの？」

「いいえ、まだいくらか残ってて……」

「よし。行くわよ」

「――え……」

「え、じゃないでしょ。時間がないんだから、きりきり動く！」

「はいっ」

すでに歩き出している先輩の背中を、克平も立ち上がってあわてて追いかける。

上着を手に取った際、一瞬だけパソコン画面に目をやった。

いずれ何とか時間を作って涼清高校に――妹の担任だった教師に、話を訊きに行ってみよう。

頭の中のメモ帳に書きつけ、それ以降は目の前の仕事に意識を集中した。

※

『子供だっているんですよ！　ほら！』

ヒステリックに叫ぶ母親の声が耳に刺さる。

ぐい、と背中を押される感覚に、結愛は悲鳴を上げて飛び起きた。

「……………っ」

夢だ。一年前の、あの時の。

どきどきと暴れる心臓に眉根《まゆね》を寄せ、細く、深く、息をつく。

ただでさえ寝苦しい夏の夜、結愛は暑さとはちがう類《たぐい》の汗をじっとりとかいていた。

気持ちが不安定になっているときは、過去のイヤな記憶が次々と思い出される。

忘れることのできない結愛の記憶は、どれも鮮明だった。

光景のみならず、感触や、生々しい感情に至るまで、はっきりと思い出してしまう。

恐ろしい夢の余韻《よいん》に、しばらく目が冴えていたものの、やがて少しずつ睡魔が近づいてきた。とろとろと眠りに落ちると、今度はちぎれた紙片のように断片的な記憶が、ふわりふわりと浮かび上がってくる。

結愛が小学校に上がるか上がらないかの頃から、父はあまり家に帰ってこなくなった。

仕事で忙しくて帰ってこられないのだと、母は周りに話していた。

けれど――

母とふたりきりの食事、ふたりきりの夜、ふたりきりで過ごす休日。

毎日のなにげない暮らしの中で、母が口にする言葉は、いつも同じだった。

結愛を見つめながら、ふとした瞬間に、彼女はしみじみと言うのだ。

『せめてもうちょっと子供らしいといいのに』

『もっと普通の子だったら、あの人も愛してくれたかもしれないのに……』

自分の存在が、父親を家から遠ざけているのかもしれないと感じた。

結愛は父親のことが大好きなのに、彼は結愛のことを好きではないのだと、少しずつ気づいていった。

「――――……」

今度は、静かに目が覚めた。

頬《ほお》を伝う涙の感触に、起きてしまった理由を悟る。

胸がしくしくと痛んだ。寝ると悪い夢ばかりみる。でも周囲はまだ暗い。夜が明けるまでには時間がかかりそうだ。

寝返りをうって無理やり目を閉じた。――そのとたん。

『晴夏がその事件の被害者だって言いたいのか？』

克平の冷たい声を思い出して、また涙がにじむ。

（やさしくしてくれたのに……）

あんなに親身になって結愛の相手をしてくれたのに、怒らせてしまった。

それも、ひどく怒らせてしまった。

次に彼に会うのがこわい。……いや、もしかしたらもう二度と来てくれないかもしれない……。

不安に押しつぶされ、ますます目頭《めがしら》が熱くなる。

「……ふ……ぅ、……ぅ……っ」

悲しくて、苦しくて、つらい。涙が止まらない。

どうして自分はこうなんだろう──自責は果てがなく、気持ちはどこまでも沈んでいく。

ずっと平和だったのに。何も起きない穏やかな毎日から、少しだけ足を踏み出そうとしたとたん、こんなことになってしまった。

やはり結愛には、八重子以外の誰かと心を通わせることなどできないのだ。

分不相応なことを望むから、こんな結末になってしまう。

傷つけて、傷ついて、そればっかりだ。……図書館に閉じこもる前のように。

（空気になりたい）

誰からも邪魔にされず、気を遣わせず、誰にも見えない存在になれたら、どんなに楽だろう？

（消えてしまいたい――）

ベッドの中できつく目をつぶり、声を殺してしゃくり上げながら、くるおしいほどにそう願う。

そうすればもう、自分のせいで誰かがイヤな思いをすることはなくなるのに。

（もう何も言わない……）

余計なことは、もう決して口にしない。そう心に誓う。

事件についての話など、二度としない。

たとえ――晴夏の自殺から一年ほど経った頃、克平の実家近くの国道で涼清高校の教師がひとり、事故死したという記事を読んだ記憶があるとしても。

そんな余計なことは、もう絶対に言うものか。

※

「あらあら。克平さん、ひどい顔……！」

「ちょっと……しばらく来られなくて……すみません。……忙しくて……」

フラフラになりながら『ホンノムシ』にやってきた克平を、八重子が目を丸くして迎える。

気まずい別れ方をしてから三日ぶり。結愛のことが気になりながら、なかなか時間を作ることができず、間が空いてしまった。

今この時間も、本来であれば署内で仮眠をとるべき、わずかな空き時間である。聞き込みに次ぐ聞き込みで、何日も歩きまわる日が続いた。捜査対象に夜勤を主にしていたフリーターが多いため、夜も休む暇がない。

ことに上京してきた葛西が、ゲームセンターで諸住を含む青年たちと知り合い、時々いっしょに遊んでいたという証言が出てきてからは、聞き込みの範囲は広がる一方だった。殺された荻原が事件前に言い争っていたという諸住と、荻原が素性《すじょう》を突き止めようとしていた葛西。

ふたりについての新たな情報も出た。

ひと月ほど前、葛西は諸住と女性関係でトラブルになり、新宿界隈《かいわい》から姿を消したという。その後の足取りについては誰も把握《はあく》していなかった。

また、いつも諸住とつるんでいる青年達も、三日前から姿が見えなくなっている。

三日前——克平が諸住を捕まえた日だ。

（――じゃない。今はそういうのは置いといて……）

仕事を引きずった頭をふり、克平は八重子に訊ねた。

「すみません、結愛を呼んでもらえますか？」

「ええ、少しお待ちくださいね」

言い置いて、八重子は書架《しょか》の向こうへと姿を消す。五分ほどたって戻ってきたが、ひとりだった。

閲覧《えつらん》コーナーのテーブルにつく克平のもとまで戻って来て、すまなそうに首を振る。

「ごめんなさい。まだダメみたい……」

実は三日前から結愛は、隠し部屋に閉じこもったきり、一歩も出てこなくなってしまったという。

八重子から相談の電話を受けていたが、克平にもどうしようもなかった。

困惑顔の八重子に頭を下げる。

「また来ます。謝りたいって伝えてください」

「何度もそう伝えているんですけど、会えないの一点張りで」

「……そうですか」

「あの、……怒っているわけではないんです。ただ心を閉ざして、自分の中に閉じこもってしまっているようで……」

つまり三日前の自分の態度に傷ついたということなのだろう。

克平は肩を落とし、うなだれた。

「すみません。オレのせいです……」

八重子は曖昧《あいまい》に首をかしげて応じる。

「結愛は繊細《せんさい》な子です。相手の気持ちを敏感に感じ取るぶん、何気ない感情も強く受け止めてしまうんです。そして一度傷つくと、回復するのにとても時間がかかります」

「これまでにもこういうことはあったんですか？」

「ええ、一年前——」

「一年前……？」

それは、結愛がこの図書館に閉じこもり始めた時ではなかったか。

「両親が離婚したとき、結愛は自分のせいだと考えたようで……」

「……てことは引きこもりの原因って、親の離婚《それ》……？」

八重子は深くうなずいた。

「ええ……」

重いため息をつきながら、八重子は首を横に振った。

「もちろんそれは真実ではありません。離婚に結愛は何の関係もないわ」

彼女の説明によると、原因は両親の性格の不一致だという。結愛の父親——福峰大介《ふくみねだいすけ》は、快活でざっくばらんな人柄であり、パチンコと野球観戦とゲームが趣味という、およそ学問と縁のない人物だった。

「だから物静かで頭のいい娘を持てあましていたのは事実だったみたいです。……でも彼は、娘よりもまず妻である汐里《しおり》のことを苦手にしてました。離婚はそのせいです」

八重子は断言した。

「汐里は我が娘ながら、ひとつのことに夢中になると周りが見えなくなるタイプで——」

大介との交際も、そもそも汐里が一方的に彼を追いかけて始まったもの。しかしやがて大介は同僚の女性とつきあい始め、汐里とは別れようとした。そんなとき、汐里の妊娠《にんしん》が発覚したのである。

その説明に、克平は「うわぁ」と微妙な相づちを打った。

泥沼になる予感しかしない。

八重子も渋い顔でうなずいた。

「責任を取らせる形で入籍したんです。傍《はた》から見ても、大介さんは渋々って感じでした。それでも汐里は彼のことが好きで好きで。何年かたって、彼が離婚を切り出した時も応じなかったようです」

「――……」

仕事柄、克平は男女の痴情《ちじょう》のもつれを目にすることが多い。

その経験を通して痛感することといえば、人の心を縛《しば》ることはできないという、無情な現実のみ。

汐里の想いが深ければ深いほど、夫にとって重く感じられたことだろう。

やがて大介はほとんど家に帰ってこなくなり、夫婦は別居状態が続いた。

そして一年前、決定的な事件が起きた。

「事件？」

八重子は顔を曇らせてうなずいた。

「母親と買い物をしてるときに、結愛が見てしまったんです。父親が知らない女性と歩いているのを」

※

人混みの中に父親の姿を見つけ、結愛は思わず走り出した。

しかし――知らない女性と肩を並べて歩いている父の寛《くつろ》いだ笑顔を目にして、「お父さん」と呼びかけようとした声が喉《のど》に貼りついてしまう。

ややあって追いかけてきた母親は、結愛から話を聞くや、周囲を走りまわってふたりを探した。

しかし見つけることはかなわず、彼女は帰宅してから、結愛の前に写真つきの社員名簿《めいぼ》を出してきた。

『お父さんと一緒にいた女の人、この中にいる？』

笑顔を浮かべている母を、あんなに恐いと感じたことはない。

結愛は言われるままに社員名簿に目を通し、そして当の女性を見つけてしまった。

ヘアスタイルが異なっていても、制服を着た姿が、私服のときとまったくちがう雰囲気《ふんいき》であっても、結愛の目はまちがえなかった。

この人、と指さした相手を、母は食い入るように見つめ――そして数日かけて相手の家を突き止めたのである。

『行くわよ。お父さんを取り戻さないと』

恐い顔をした母親は、結愛の手を引いて相手の家に押しかけていった。

そこはマンションの一室で、すぐ脇に階段のある角部屋だった。

インターホンに応じて玄関口へ出てきた女性に、母は強硬な口調で父と別れるよう求めた。

徐々に高くなっていく非難の声が、結愛の耳に刺さった。

それでなくとも結愛は、大きな音や怒鳴り声が苦手である。母親が感情的な大声を出している間中、耳をふさいでいた。

そんな結愛を、母親はぐいと背中を押して前に出した。

『人の家庭を台無しにして、非常識だと思わないいんですか!?　子供だっているんですよ！　ほら！』

相手の女性は、玄関先で騒ぎ立てる母親のやり方に眉《まゆ》をひそめていた。

そしてひと通り母の糾弾《きゅうだん》が終わると、蔑《さげす》むようなほほ笑みを浮かべ、余裕たっぷりに言い返したのである。

『あの人は、必ず離婚すると約束してくれました。妻を愛してはいないって。それに――』

余韻《よいん》を持たせて言葉を切り、そっと下腹に手を置く。

『子供はここにもいます』

会話が途絶え、長い沈黙があった。

それから先のことは思い出したくない。

でも一瞬一瞬をはっきりと覚えている。

奇声を上げて相手につかみかかる母親の剣幕も、そんな母親の髪の毛をにぎって引っ張る相手の抵抗も。

もみ合ううち、二人が同時に階段を転げ落ちていった結末までも。

※

「……結愛は、それを見たんですか?」

なかなか壮絶《そうぜつ》な話に呑《の》まれつつ、問わずもがなの問いを発する。

八重子は深くうなずいた。

「目の前で。しばらくショックで放心状態だったわ」

(そりゃそうだ)

身内がそのような修羅場《しゅらば》を引き起こすなど、普通の人間にとっても衝撃的なことだろう。

ましてまだ幼く、人一倍繊細な結愛にとっては、耐え難いことだったに決まっている。

「幸いなことに——本当に幸いなことに、ふたりとも軽い怪我《けが》ですんだけれど、相手の女性が汐里を殺人未遂《みすい》で訴えると言いだして」

「あぁ、まぁ……」

「離婚に応じることと引き替えに、なんとかそれだけは避けることができたの」

重々しい口調で、八重子は締めくくった。

「それで結愛はここに来たんですか？」

「ええ。その事件の後……汐里は友だちの紹介で、住み込みの旅館の仕事を見つけたんです。でもそこが子連れではダメだったのと、結愛自身がここで暮らしたいって言ったのとで、こういう形に――」

「なるほど」

「結愛は、そのときのショックから立ち直るのに一年かかりました」

説明を訊いて、克平はふむ、と考えた。

結愛がこの図書館で暮らしている理由はわかった。しかしそれと、三日前とのことと、どう関係があるのだろう？　閉じこもる理由がよくわからない。

首をひねりつつ、「あのぅ」と切り出す。

「結愛はオレのこと怒ってるわけじゃないって話ですけど――」

「はい」

「じゃあなんで出てこないんですかね？　こっちは謝りたいってだけなのに……」

素朴《そぼく》な疑問をぶつけると、八重子は淡くほほ笑む。

「あの子は、克平さんを怒らせてしまった、という事実に傷ついているんだと思います」

「怒らせたことに傷つく？」

仮に誰かを怒らせたとしたら、まずは謝ればよいのではないか。

（なぜそこで傷つく？）

やっぱりわからない。……が、自分のせいで結愛が悩んでいるのだとすれば、放っておくわけにはいかない。

「また来ます。けど――あの時オレは、簡単なことに気がつかなかった自分自身に腹が立ったんであって、結愛に怒ったわけじゃないって、……そう伝えてください」

神妙な面持《おもも》ちで言うと、八重子は深くうなずく。

そして二階のほうを見上げて小さく笑った。

「大丈夫ですよ。今回は、きっとすぐに乗り越えるでしょう。こうして訪ねてきてくださっている克平さんの気持ちは、あの子にもちゃんと伝わっているはずですから」

図書館を出てから時計を見ると、午後二時になったところだった。

肺の中まで灼《や》けるような暑さの中、裏手の公園では、母親に見守られた子供達が元気に遊んでいる。甲高《かんだか》くはしゃぐ声に、ふいに既視感《きしかん》を覚えた。

晴夏がまだ小さかった頃、克平はよく一緒に遊んでやった。

仕事で忙しい両親にかわってちゃんと面倒を見ていたと思う。だが克平が高校に進学し、妹が小学校の高学年になった頃くらいから、次第にかまわなくなった。

晴夏がひとりで何でもできるようになったのと、自分自身、どんどん広がっていく世界が目新しく、他のことにあまり気がまわらなくなったためだ。

だからこそ妹の死は青天《せいてん》の霹靂《へきれき》だった。

理由は何かと考えつつ過去をふり返り、愕然《がくぜん》とした。一年近くもの間、挨拶《あいさつ》以外ろくに言葉を交わしていなかったことに気づいたのだ。

もっと気をつけていれば、何かに気づけたのではないか。力になれたのではないか――

胸を苛《さいな》む自責の念に首を振り、克平は公園に入ると隅のベンチにひとり腰を下ろした。

スマホを取り出し、妹の在籍していた都立高校の番号を検索して電話をかける。

図書館を見上げたものの、隠し部屋の窓辺には誰もいなかった。

落胆《らくたん》している間に呼び出し音が三回鳴り、電話がつながる。

『はい、涼清高校です』

「あ、突然すみません。そちらに通っていた生徒の父兄なんですが、為坂《ためさか》先生につないでもらえますか？」

妹の担任だった社会科教師の名前を告げると、思いがけない答えが返ってきた。

『為坂はおりません。三年前に事故で他界しましたので……』

「え……事故？　何の？」

『交通事故ですが……』

「失礼ですが、どういう事故だったんですか？」

『さぁ、くわしくは存じません。忙しいので失礼します』

追及を不審に思われたのか、すげない言葉と共に通話が切られてしまう。

「……………」

スマホを耳に当てたまま、しばらく絶句した。

なんだろう。何か引っかかる。

理屈ではないところで、その交通事故は何か意味のあることだと、勘が告げる。

しばらく考え込んだ後、克平はベンチから腰を上げた。

駅に向かい、署に戻るのとは反対方向の電車に乗る。二つ目の駅で乗り換えて、また別の電車に乗り換えると、三十分ほどで目的地に着いた。

大きな駅に隣接する商業施設である。その中にあるセレクトショップに向かい、若い女性ばかりの店の中へと入っていく。

クーラーの効いた涼しい店内では、目当ての人物が棚《たな》の整理をしていた。

茶色に染めた長い髪をゆるく束ね、きれいなメイクをしている。

二十歳《はたち》になるかならないかの若い女性は、克平に気づくと、鮮やかな赤にぬられたくちびるを大きく開いた。

「晴夏の兄貴……っ」

目を丸くしてこちらを見つめるのは、甲野芽衣《こうのめい》。晴夏の友だちである。

同じ中学出身で、おそらく高校では最も親しくしていた相手だ。

「久しぶり。ちょっといいか？」

克平が声をかけると、芽衣は困惑した様子でちらりと店内を見た。

「あ、ええと——外で待ってて」

声を潜めて言い、店の奥へと入っていく。出てすぐのところにある柱に寄りかかり、スマホをいじりつつ待つこと二、三分。

店から出てきた芽衣がすまなそうに言った。

「ごめん、抜け出すの時間かかって……」

「いや、オレも急に来て悪かった。大学は？　どうだ？」

「どうって……まぁまぁかな。あの、すぐに戻らなきゃならないんだけど……」

「あぁ、そうか。……晴夏のことで、ちょっと訊きたいことがあって――」

「ごめん」

克平の言葉尻にかぶせるように、彼女はうつむいて返してきた。

「もう、そのことは思い出したくない」

「芽衣……？」

「ごめんなさい。でも……」

押し殺すような声は頑《かたく》なだった。

そんな相手の胸中を思いつつ、克平も言い募《つの》る。

「わかる。オレも同じ気持ちだ。けどな――」

親しくしていた分、晴夏が自殺したとき、芽衣の嘆《なげ》きようは誰よりも激しかった。

克平たち遺族のために、必死に自殺の原因を突き止めようともしてくれた。ひとりで学校中の関係者に話を聞いてまわり、ずいぶん頑張ってくれたようだ。しかし結局、めぼしい成果は何ひとつ得られなかった。

その時の無念がよみがえったのか、小刻みに首を振り、押し殺した声で訴えてくる。

「やっと忘れられたの！　もう思い出させないで……っ」

「芽衣――――」

「アタシは悲しくて、くやしくて、だから……」

頭をふる白い顔はすっかり血の気を失っていた。

何か変だ。

動揺《どうよう》をいぶかしく思い、克平は思わず相手の手首をつかむ。と、はっきりとわかるほど手がふるえていた。

「芽衣？　……どうした？　何かあったのか？」

なるべく穏やかに訊ねたものの、彼女はうつむいたまま大きく首を振る。

「バイト、戻らないと……っ」

そしてこちらの手を強く振り払い、逃げるようにして店に戻っていった。

「芽衣！」

過去に背を向けるその後ろ姿を、克平は途方に暮れる思いで眺める。

しかし閉ざされた店のドアが開くことは二度となかった。

四章　結愛、大発見をする

「諸住《もろずみ》、いったん釈放だって」

署に戻ると、奥村《おくむら》が不機嫌そうなり声で告げてきた。

荻原《おぎわら》殺し、および葛西《かさい》の失踪《しっそう》に関する重要参考人として署に留めおかれていたが、事件についての供述が何も取れなかったため、勾留《こうりゅう》を続けることができなかったのだ。

「荻原教授のほうはともかく、葛西の件ではめちゃくちゃ怪しいのに」

「つってもまだ行方《ゆくえ》不明ってだけだから」

新宿から消えた葛西の足取りは、糸が切れたかのようにぷつりと途絶えていた。

普通に生きてきた一七歳の青年が、これほど完全に消息を絶つなど不自然きわまりない。

だいたい犯罪者でもない人間がそんなことをする理由もない。

「……葛西、生きてると思います？」

声を低めての問いに、奥村は眉根《まゆね》を寄せてうなずく。

「友だちからのメールやラインにも反応なし。スマホを買い換えた形跡もなし。……スマホを捨てたか、いじることのできない状況にあるのは、まちがいないね」

頭の中に浮かぶのは当然、荻原が所持していたUSBメモリの中に残されていた映像である。

深夜、山の中で数名の若者たちが、車のライトを頼りに何かを埋めていた、あの動画。

「――諸住の仲間を見つけるしかないですね」

不鮮明ながら顔が映っていたふたりについては、雲隠れしている諸住の仲間である可能性が高いという証言を得た。

彼らは何かを知っている――そんな確信と共に席を立つ。

奥村はすでに歩き出していた。

「次はがっちり証拠を固めてくよ。黙秘なんてシャレた真似《まね》できないくらいに」

ふたり並んで署を出ると、地下鉄に乗って葛西と諸住のバイト先がある新宿《しんじゅく》に向かう。

他の刑事たちと共に、すでに何日もくり返していることだ。

飲食店、ゲームセンター、カラオケ、キャバクラ、その他風俗店。無数にあるそれらの店舗《てんぽ》を、諸住やその仲間達の写真を手に、最近目にしていないか、どんな様子であったかなどを訊いてまわる。

あっという間に日が暮れ、気がつけば午後の九時になろうとしているところだった。帰宅するべく駅に向かう勤め人と、これから夜を楽しむべく駅から出てくる若者たちとで、駅前は非常に混雑している。

人混みをぬうようにして歩いていると、奥村のスマホに着信があった。

「奥村です。……あぁ、荻原さん。どうも……」

出てきた名前に、克平《かっぺい》は耳をそばだてる。

「え？　……それは？　……カメラ？　……はぁ、ペットの……」

受け答えをしながら、奥村は腕時計で時間を確認した。そして克平に目で訴えてくる。

新しい情報が出た、と。

「……いえ、助かります。これからうかがってもよろしいですか？」
二、三言を交わした後に、奥村は通話を切った。
「奥さん、なんて？」

我慢しきれず訊ねた克平に、奥村は足早に移動を始めながら応じる。

「事件に前後して、自宅からなくなったものがあることに気がついたって。――留守中にペットを監視するためのカメラ」

「カメラ……っ」

ＵＳＢに残されていた動画のことが脳裏《のうり》をよぎる。

同じことを考えたのだろう、奥村が目でうなずいた。

「くわしいことを聞かないと」

※

『克平さん、結愛《ゆあ》が気づいたことに気づかなかった、自分に対して怒っていたんですって』

『結愛に謝りたいって』

八重子《やえこ》はそう言っていた。

（会いたい……）

いつものように隠し部屋のテーブルの上に本を広げながら、結愛の心はまったく別のところにあった。

（克平に会いたい――）

祖母以外で初めて、自分をおかしな目で見ないで、普通に接してくれた人。

友だちと呼びたい人。

強くてまっすぐな克平といっしょにいると、自分も強くなれる気がした。

恐いと感じていた外の世界も、それほど悪いものではないかもしれないと、思うことができるようになった。

(でも……、でも——)

結愛の心はポンコツだ。

起きた出来事について、強い気持ちで受け止めることも、受け流すこともできない。

一度傷つくと、なすすべもなく痛みに苦しみ、うずくまるばかり。長いこと長いこと時間をかけて、ようやく痛みが引いたとしても、ふたたび現実の世界に出て行き、対峙《たいじ》するだけの勇気を持つまでには至らない。

性能の悪い心は、結愛をどんどん臆病にしていく。

会いたい気持ちと、怒らせたときの恐い顔とが、脳裏に交互に浮かんでは消える。

克平は結愛に腹をたててはいない？　本当に？

その疑念に向き合う力が、どうしても出てこない。

うじうじと閉じこもったまま、いつまでも悩み続ける。

絨毯《じゅうたん》にペタリと座ってテーブルに突っ伏し、結愛は読むともなく広げていた本のページにほっぺたをのせ、小さく息をついた。——と。

ガシャン！

と、奇妙な音が階下から聞こえてきたのは、その時だった。

（なんだろう？）

ガラスの割れる音のようだ。今、一階では八重子が書架《しょか》の整理をしているはずだが……

結愛は不審に思い、螺旋《らせん》階段を下りていった。

もし八重子の身に何かが起きたのだとしたら、助けを求めなければ。

そんな想像に胸をどきどきさせながら、書架の形をした秘密の扉をそっと開き――そこで凍りつく。

「…………っ」

足がすくんで動けなくなる結愛の頬《ほお》を、ひんやりとした夜の風がなでる。

暗闇の中から吹きつけるそれは、不吉な予感を無情にかきたてた。

※

この時間帯は道路が渋滞するため、タクシーよりも電車のほうが早い。

通路をふさぐ人の壁をかき分けるようにして、奥村と克平は駅の改札に向かった。

「でも、なんで今頃カメラのことを思い出したんでしょうね？」

前をふさぐサラリーマンのグループを追い越しながら、横を歩く奥村がふり返る。

「飼い猫は被害者が世話をしてたんで、カメラのこともふくめて奥さんが関与することはなかったんだって。あと一見普通の時計の形をしてるんで、もともと視界に入っても注意を払うほどの物でもなかったから、なかなか気がつかなかったみたい」

「ネズミに耳な話ですね……」

「寝耳に水、な」

奥村のツッコミが、裏拳のように鋭く飛んでくる。

そうだっけ？　と首をひねりつつ、階段を走り下り、ホームにすべり込んできた電車に飛び乗った。

「で、その時計は、犯人が持ち去ったってことですか？」

「さぁ。それはこれから訊く」

三十分も経たないうちに、ふたりは被害者宅の最寄り駅である牛込神楽坂《うしごめかぐらざか》に到着した。

地上に向けて階段をのぼる途中、今度は克平のスマホが鳴る。

表示を見ると、電話をしてきたのは結愛だった。

どころではない。

（こんなときに――）

八重子に説得されて仲直りをしようと考えたのならありがたいが、残念ながら今はそれ

電話に出るや、克平は早口でまくしたてた。

「もしもし、結愛？　ごめん、オレ今ちょっといそがし――」

言いかけた言葉を遮《さえぎ》るように、押し殺した幼い声が答える。

『助けて！　誰かいる……っ』

訴えには、ひどく切羽詰《せっぱつ》まった気配があり、ふと足を止めた。

「え？」

『図書館の窓を壊して誰か入ってきた。……ドアを閉めて隠れたけど、わたしのこと探してる。……この部屋の入口、探してる……っ』

侵入者に場所を知られないようにだろう。

小声で話す結愛の声は悲痛にかすれ、ふるえていた。

正真正銘《しょうしんしょうめい》の恐怖を感じ取り、克平の顔が険しくなる。

「西塚《にしづか》さんは？」

訊ねながら、たとえ八重子がいたとしても、何とかできる状況ではないことは想像がつ

いた。

結愛はしゃくりあげながら言う。

『わからない……。でも、知らない人の声しか聞こえない。……どこから上がるんだって、怒ってる……っ』

どうやら侵入者は、図書館の二階に隠し部屋があることを知っているようだ。

「――――」

階段の途中で立ちつくす克平を、出口のところにいた奥村がふり返った。

「克平？」

とたん、呪縛《じゅばく》が解けたかのように我に返る。

「先に行ってください！」

さけぶように言い置くや、克平は全速力で走り出し、奥村の傍《かたわ》らをすり抜けて地上へ飛び出した。

「克平!?」

背中で奥村の声がしたが、かまってはいられない。

駅から図書館までのゆるやかな上り坂は、普通に歩けば五分たらず。走ればほとんど時間はかからない。

人気《ひとけ》のない深夜の住宅街を必死に駆けぬけ、ほどなく図書館にたどり着いた。

入口のドアに手をかけたものの、鍵《かぎ》がかかっている。そのとき裏手のほうからガチャン！　と窓の割られる音が聞こえてきた。

あたりは、わずかな街灯の明かりに照らされるばかりのため薄暗い。

内ポケットから取り出したペンライトを手に、克平は建物の側面にまわった。と、一階の窓が割られているのを発見する。

ペンライトでざっと室内を見まわしたが、人の気配はなかった。

結愛の話によると、一階の窓が割られて人が侵入してきたという。おそらくこの窓のことだろう。

では自分がここに着いた時に聞こえてきたのは、どこの窓が割れた音なのか――

建物を一周するようにぐるりと歩いた末、克平は目を瞠《みは》った。

「――――……！」

公園に面した、螺旋階段の窓が割られている。

急いで克平もその穴から中に入った。と、階上から「隠れてもムダだ！」という怒声が聞こえてくる。

その声には聞き覚えがあった。

（諸住……！）

「密告《チク》ったヤツぁどこだオラ！　ここにいんのは分かってんだよ。あの夜もここからのぞいてんの、見えたんだからな！　あぁ!?」

二階の隠し部屋で、テーブルか何かをひっくり返す大きな物音が響いた。

克平はペンライトを消し、足音を忍ばせて階段を上っていく。

階段からそっと二階の室内をのぞくと、案《あん》の定《じょう》、そこでは諸住が暴れていた。

「絶っ対バレねぇはずだったのに！　そのためにどんっっだけ苦労したか分かってんのか!?　ぜんぶ台無しにしやがって!!」

暴言とともに、蹴《け》り倒されたソファ椅子《いす》が、ガタン！　と大きな音をたてて倒れる。

結愛はまだ隠れているようだ。人質がいないことを確認して、克平は飛び出した。

「やめろ諸住！　そこまでだ！」

ペンライトの光を諸住に当てる。

「テメェ……」

騒いでいた諸住もまた、手にしていた大きな懐中電灯をこちらの顔に向けてくる。

まぶしさに思わず目をすがめた、その瞬間。

「克平……！」

助けを求める高い声が、その場に響いた。

明かりに灼《や》かれ、暗くなった視界の端で、小さな影が諸住の足下から走り出してくるのを捉えた。

こちらに向けて両手をのばし、必死に走り寄ってくる。

しかし。

「おまえか!!」

諸住が大きな懐中電灯を振り上げ、その背中に振り下ろす。

「結愛!」

視界が回復しない中、克平はとっさに影の上に覆《おお》いかぶさるようにして、腕の中に抱え込んだ。

ガッ……!!　と鈍い音と、強い衝撃を頭に受ける。

「テメェも!　責任取れ!　ちきしょう!」

「――――……っっ」

懐中電灯は、ひと言ごとに力まかせに振り下ろされてきた。

その間ずっと身体《からだ》を丸めて耐える。――腕の中、声を上げて泣きじゃくる小さな生き物を固く抱きしめる。

「死ねやおらぁっ！」

罵声《ばせい》と共に側頭部に強烈な蹴《け》りをくらい、一瞬だけ意識が遠のく。

気を失うまいと頭をひと振りすると、

「……かっぺ……ぇっ……」

しゃくり上げる結愛の泣き声と、諸住が階段を駆け下りていく足音とが、重なって聞こえてきた。

（しまった。逃げられる——……）

頭の片隅でひらめいた危機感に、のろのろと動き、這《は》うようにして階段に向かう。

その耳が、玄関先で複数の車の停まる音と、ドアの閉まる音を捉えた。
二、三の怒号の末に、耳に馴染《なじ》みのありすぎる声が上がる。
「動くな諸住！」

克平の腹の底から笑いがこみ上げてくる。

凄《すご》みのきいた奥村の怒声に、これほど安堵《あんど》することがあるとは、思いもしなかった。

図書館に不審者が侵入したという近隣からの通報があり、すぐ近くにいた奥村にも連絡が行ったらしい。

八重子は一階で倒れているところを保護された。

犯人と出会い頭《がしら》に殴《なぐ》られ、意識を失っていたとのことで、念のため救急車が呼ばれ、病院で検査を受けることになった。

「おい、克平。おまえも乗ってくか？」

周囲の刑事達がそう声をかけてきたのは、もちろん冗談である。

ドッと笑う先輩たちに苦笑で返し、自分で適当に消毒して終わらせた。

「克平、だいじょうぶ……？」

不安そうに見上げてくる結愛に向け、大きくうなずく。

「へいきへいき。オレ、めちゃくちゃ頑丈だから」

図書館一階の大テーブルである。周りに大勢の人がいるというのに、彼女は隠れもせず、悄然《しょうぜん》と克平の前に座っていた。

「ごめんなさい……」

しゅん、と小さな肩を落とし、うつむいている。

克平はその頭に手をのせ、ぐしゃぐしゃとなでた。

何事もなくてよかった。晴夏《はるな》のときのように、手遅れにならなくて本当によかった。

そんな思いをかみしめる。

「オレもごめんな。この前の、結愛に怒ったんじゃないんだ。自分に向けて怒ってたんだ」

しかし結愛はうつむいたまま、もそもそと答えた。

「……わたし、うまくできないから……よけいなことに気がついて、よけいなこと言って、問題を起こして、みんなを困らせるの。お父さんとお母さんのことも。……学校でも、いろいろ……」

「こら」

小さな頭を両手ではさみ、上を向かせて顔をのぞき込む。

「失敗の記憶はどうするんだった？」

「カレーといっしょに、スプーンにのせて食べちゃう……」

「カレー買ってこないとな」

笑顔で言うと、彼女は懸命にうなずいた。

「でも克平……わたし、また失敗するかもしれない……。また、克平を傷つけるかもしれない……っ」

「オレを？」

意味がわからない。しかし結愛はひどくマジメな顔をしている。

真剣に悩んでいるようだ。

今回は克平と仲直りできたとしても、きっといずれまた、何か別の失敗をしてしまうかもしれない。

人の気持ちを考えずに発言をして、今度こそ取り返しのつかない事態を引き起こしてしまうかもしれない。そう考えると不安になってしまう——

「……誰かを傷つけるのも、自分が傷つくのも、どちらも恐い……から……」

言葉少なな彼女が、とつとつと語る内容を、克平はあっけにとられて聞いた。

起きていないことを先まわりして不安がる早計さもさることながら、とほうもない杞憂《きゆう》を耳にした気がする。

「つまり、オレを傷つけるのが恐い……？」

念のため訊ねると、結愛はものすごく深刻な面持《おもも》ちでうなずく。

克平はついに我慢できず噴き出した。

「結愛は、頭いいけどバッカだなぁ！」

大笑いされ、少女の顔がみるみるうちに赤くなる。

「なっ、なんで……？」

「オレを傷つけんのはけっこう難しいぞ？　罵《ののし》られんのとか慣れてるし」

爆笑する克平を、周りの警官達が奇妙なものを見る目で眺めてきた。

それでも笑いを止めることができない。

「だってオレ、毎日のように先輩から怒鳴られて、犯罪者から罵倒《ばとう》されて、事件の関係者からはイヤミを言われて、何の関係もない市民にまで『警察は何やってんだ』ってディスられてんの。もう誰に何言われたって全然気にしないって。カエルのツラに地図！」

「カエルのツラに水……？」

「あ、それそれ」

適当に答える克平の前で、結愛は白い頬《ほお》を赤く染めたまま、むっつりとくちびるを尖らせていた。

これ以上笑うとまたヘソを曲げてしまうかも――そう気づいた克平は、咳払《せきばら》いをして笑みを引っ込める。

そしてふと、あることを思い出した。

「それとな、ひとつ言っておくと――」

周囲を見まわし、克平は声を落とす。

「晴夏が例の連続暴行事件の被害者かもっていうの、あながちあり得ない話じゃなさそうで……」

「え……」

「あの事件な、被害者はみんな晴夏と同じ高校の生徒達なんだ。被害者のなかに晴夏の名前はなかったけど、泣き寝入りをした可能性は否定できない。ただ、話を聞こうと思って晴夏の担任だった人に連絡したら、その人、事故で亡くなったらしくて——」

表情を改めて説明すると、結愛はハッとしたように口を開きかけた。……しかし閉じてしまう。

「なに？」

克平がうながしても、「う、……うぅん……」とごまかした。

「何か気がついたことがあるのか？」

「……うん。でも……」

「頼むから言ってくれ。もう何を言われても驚かないから」

目を見て強く懇願《こんがん》すると、少女は迷う様子で、おずおずと口を開く。

「事故で死んだのって……もしかして為坂研吾《ためさかけんご》さん？」

「……え」

「飲酒運転で、アクセルとブレーキを踏みまちがえたんじゃないかって言われてる、あの交通事故の？」

「なんで知ってんの⁉」

　思いがけない衝撃に、絶対驚かないという言葉が吹き飛んでしまう。

　結愛はさらりと答えた。

「新聞に載ってた」

「……いつ？」

「三年前の四月十五日の夕刊。ギャンブル癖《ぐせ》があったんだって。だから警察は事故と自殺の両方で調べてるって書いてあった」

「めちゃくちゃありがとう……っ」

　手帳にメモを取ってから、克平はポケットからスマホを取り出す。

「これ見て、何かほかに気づくことあるか？」

　結愛に見せたのは、先日ひそかに写真に撮った、連続婦女暴行事件の捜査資料だった。

「でも……」

「頼む。オレは今、荻原教授の事件にかかりきりだ。他の事件にまで手がまわらない。結愛に手伝ってもらえると助かる」

「………」

　妹の死の真相に関わっているかもしれない。その事件について、何か少しでも分かることがあるのなら——

必死の思いを込めて訴えると、結愛は目を大きく見開いた。

「……助かる?」

「あぁ、助かる」

力強い肯定に、結愛がおずおずとスマホを手に取る。

文字が小さすぎて読みにくいのか、目を眇《すが》める彼女のため、克平は液晶上で人差し指と中指をすべらせる。

「————わ……」

スマートフォンというものに慣れていない結愛は、おずおずとした指使いで画面を左右に動かし、隅々まで資料に目を通した。やがて、ふと顔を上げる。

「最後の事件が起きたのは、三年前の三月二十日。それ以降、一度も起きてないね」

今度は克平が目を瞠《みは》る番だった。

※

同一犯によると思われる連続婦女暴行事件の被害は、捜査資料によると三年に渡り七回起きた。しかし涼清《りょうせい》高校の教師・為坂が事故死して以来、一度も起きていない——という結愛の指摘は、残念ながら犯人の特定にはつながらなかった。資料には被害者達の一致した証言として、犯人は大柄で恰幅《かっぷく》のよい体型で、抵抗をものともしないほど力が強かった、と書かれていたのだ。

しかし克平が妹の葬式で対面した為坂は、小柄で痩《や》せていたという。

結愛は、その後も一生懸命考えたものの、他に思いつくことはなかった。

やがて現場の検証も終わり、克平は結愛を女性警官にまかせ、他の刑事達と共に帰っていった。

「ありがとな。結愛がいてくれてよかった」

と笑い、頭をなでて。

その背中を結愛はくやしい思いで見送った。

役に立ちたいのに。もっと何かできるはずなのに。

(何か……何か手伝えることがあるはず。何か……)

自分にできることがないか、必死に考える。

こんなにも強く、何かをしたいと思ったのは初めてかもしれない。

病院の検査で異常なしと診断された八重子は、その日のうちにすっかり元気になって戻って来た。

翌朝、彼女は窓ガラスの修理のために『ホンノムシ』を臨時休館とした。図書館の一階は、朝から業者が出入りして忙《せわ》しない雰囲気《ふんいき》である。

本来であれば、絶対に近づいたりしない状況だ。しかし結愛はある決意を胸に螺旋《らせん》階段を下りていった。

秘密の扉から出て行くと、八重子が驚いたようにふり返る。

「あら、めずらしい」

相手を見上げ、結愛は重々しく告げた。

「おばあちゃん、パソコン貸して」

「いいけど……」

目を瞬かせる祖母の前を通り過ぎ、受付に置かれているパソコンの前に向かう。

椅子《いす》に腰を下ろすと、勢いよくカーディガンを腕まくりをした。

克平の妹が巻き込まれたかもしれない事件について、自分に調べられることがないか、もう少しがんばってみようと思ったのだ。

ホーム画面を開いたところで、業者への説明を終えた八重子がやってくる。

「結愛、平気なの？」

「何が？」

「何がって……だって、昨日あんなに恐い思いをしたのに……」

「あ……」

八重子からそう言われて、結愛はそのことを思い出した。

隠し扉の隙間《すきま》から、襲撃者が八重子に暴力をふるう場面を目にしてしまい、身も心も凍りついた。自分も殺されてしまうのかもしれないと思うほど恐くて、死にそうな気分だった。

今までであれば、そんなひどい目に遭《あ》った場合、心に受けた衝撃が落ち着くまでの間、しばらくずっと部屋に閉じこもっていなければならなかったはずだ。

しかし現実には今、結愛は使命感に燃えてパソコンに向かっている。

（ふしぎ……）

あの後、克平がずっといっしょにいてくれたから。

まったく恐ろしがる様子を見せず、何でもない顔で別の話を始めたから。

だから変な人が入ってきて暴れたことも、恐怖として心に刻み込まれるようなことはなかった。

恐かったけれど、それよりも克平が駆けつけて助けてくれたことのほうが、はるかに強い記憶として上書きされて残ったのだ。

おまけに――

『手伝ってもらえると助かる』

彼はそんなことを言って、結愛の気持ちを舞い上がらせた。

『結愛がいてくれてよかった』

言葉はどれも、まるで異国の呪文のようだった。

聞いたこともない言葉。幸せになる呪文。


期待されている。


その事実が、こんなにも人に力を与えることを、初めて知った。

これまで一度も、誰からも、期待なんかされたことなかったから。

いつだって結愛は『困った子』で、『手のかかる子』で、八重子にとってすら『守らなければならない子』だったから。

でも――

克平はちがう。結愛を「すごい」と褒《ほ》め、「手伝ってほしい」と頼りにしてくれる。だから自分にも何かできるかもしれないと感じる。そう思うことで力が湧いてくる。

心配そうに見下ろしてくる祖母を、結愛は誇らしい思いでふり仰《あお》いだ。

「わたしはだいじょうぶ。おばあちゃんはお仕事してて」

「結愛……」

八重子は驚いたようにつぶやき、そして何かをこらえるようにほほ笑んでうなずいた。

「わからないことがあったら言ってね」

「うん」

パソコンの使い方は知っている。昔、両親が使っているのを見て覚えた。

結愛は開いた検索画面に『為坂研吾』『涼清高校』と入力する。

と、ＳＮＳのアカウントがいくつか出てきた。プロフィールを確認するうち、涼清高校の教師だった為坂研吾のアカウントを見つけた。

どうやら死亡後も放置されているようだ。

（あれ……？）

プロフィール欄《らん》の一点を目にして、あることに気づく。

いちおう心に留めて、ほかの情報も見てみた。

為坂は文化祭や修学旅行、終業式など、イベントのたびに写真を数点、アカウントのタイムラインで紹介している。

高校の学校生活への好奇心も手伝って、結愛は写真をしげしげと眺めた。

小学校とはちがう教室の様子。はしゃいだ生徒達。生徒だけのものもあり、為坂とポーズを取ったものもあり。どれも楽しそうな雰囲気が伝わってくる。

（もしかしたらこの中に、克平の妹もいるのかな……）

そんな思いで一枚一枚眺めていた、ある瞬間。

（――――え？　なんで……？）

体育祭、とキャプションの入った写真を食い入るように見つめ、目をぱちぱちした。

自分が、事件に関係する何かを見つけているという確信があった。

でもそれが何を意味するのかはわからない。

わからないけど、でも――

（克平に教えれば、きっと喜んでくれる）

そう考えると、カァッ……と、全身に興奮と力が漲《みなぎ》ってくる。

（そうなんだ……）

結愛はすぐさま電話の子機に手をのばし、克平に電話をかけた。しかし。

『現在、電波の届かない場所にいるか、電源が入っていないため……』

「もう！」

電話会社の無機質なメッセージに、思わず歯がみしてしまう。

勢いのまま職場の番号を押しかけ……、ふと手を止めた。

『電話は携帯のほうにな。署にはかけるなよ、頼むから』

以前、そう念を押されたことを思いだす。がっかりした結愛は、図書館の入口に目をやった。

次、いつ来てくれるのだろう？

（今すぐ言いたい……）

うずうずした気持ちを押し殺しきれない。しかし電話が通じないのではしかたがない。

（なんで出ないの？）

つまらない思いで、結愛はくり返し電話をする。少し時間を空けて、何度もかける。

十分の間に十回ほどかけた。しかし電源は切れたまま。一向につながる気配がない。

（――――――……っ）

電話の子機をにぎりしめ、結愛は決然と顔を上げた。

こうなったらしかたがない。ほかに手は……ない。

（だいじょうぶ。きっと、だいじょうぶ）

緊張にドキドキする。でも不思議と不安はなかった。勇気も、自信も、後から後から湧いてきて、結愛の背中を押してくる。

今こそ、その時だと。

図書館のドアは、いつものように外に向けて開かれている。

じっとしていられなくなった結愛は立ち上がり、窓の修理に立ち会う八重子の元へ向かう。

「おばあちゃん。わたし、出かけてくる」

電話の子機を手に敢然《かんぜん》と宣言すると、八重子は顎《あご》が外れたように、大きく口を開いた。

※

「きゃぁあいやぁぁぁ……っっ」

キラキラとした衣裳をまとうキャバ嬢が、ヒールを鳴らして目の前を走って行く。

葛西涼一《りょういち》と諸住直也《なおや》が、仲たがいする原因になったという女だ。

年は二十歳《はたち》前後か。細身で、タレントのような容姿である。整ってはいるが、判で押したように個性がない。

それを追いかけながら、克平は悩んだ。

本人的には全力で走っているのだろう。しかし高いヒールのせいか、はっきり言って遅い。

小走り程度ですぐに追いついたものの問題があった。

相手は水着に毛の生えたようなキャミソールドレスしか身につけていないのだ。

必死で逃げる相手の背中を眺めながら、スマホで奥村に電話をかける。

「あの、どうやって止めれば……？」

『服つかめば？』

「いや……服はヤバそうです。ほとんど布地ないし」

『じゃあ腕とか？』

「腕もヤバくないですか？　容疑者ってわけじゃないし……」

『なら首でもつかんでろ！』

うっとうしそうな一喝《いっかつ》の後に切られ、しかたなく手首を遠慮《えんりょ》がちにつかむ。

「落ち着いて。ちょっと話聞きたいだけだから……っ」

しかしそのとたん、女性は悲鳴をあげて身体《からだ》を丸め、その場にうずくまった。

「やだぁっ、殺されちゃうっ、殺されちゃう！」

「や、オレ警察です！　警察！」

人目を気にして、警察手帳を印籠《いんろう》のように掲《かか》げる。――主に周囲に向けて。

別の方向から駆けつけてきた奥村が、女の前に立つ。

「殺されちゃうってどういうこと？」

「よけいなこと言ったら殺される。ホントよ。直也は涼一を殺したんだから……っ」

いやいやをするように首を振るキャバ嬢に向け、腰に手を当てた女刑事は、どこまでも容赦《ようしゃ》なく応じた。

「はい、そこんとこくわしく」


キャバ嬢のスマホには、葛西とのSNS上のやり取りが残されていた。

その中で奥村が注目したのは、『今夜はむり。ごめん』『直也に呼び出された』という、ふたつのメッセージである。日付は五月三十日。

「荻原教授が、葛西について検索を始める前の日ね」

キャバ嬢によると、それ以降、葛西はぱったりと姿を見せなくなった。

メッセージには返事が来るものの、会おうと言っても忙しいと断られ、一週間ほどたった頃から、既読《きどく》がつかなくなった。

「いよいよ怪しいッスね」

克平の言葉に奥村もうなずく。

これで、諸住が葛西を殺害している可能性が高まった。

その上で、殺した相手のスマホを所持したまま、本人になりすまして返事をしていたのではないか。仮に葛西の行方《ゆくえ》が問題になった際、連絡の途絶えた日時を曖昧《あいまい》にして捜査を攪乱《かくらん》するために。

「諸住を締め上げて、葛西のスマホのありかを吐かせるとしましょ～」

不敵なほほ笑みを浮かべつつ、奥村は通りがかったタクシーを止めて乗り込む。

そして──

彼女と共に天神《てんじん》署に戻った克平を待っていたのは、署員達からの奇妙な視線だった。

みんなに見られている。どこへ行っても視線が集まってくる。

「……あんた、何かやったの？」

「え？　先輩じゃないですか？」

互いに責任をなすりつけ合いながら、エレベーターで捜査一課のあるフロアに向かう。

もちろんエレベーターを降りてからも、物言いたげな視線はついてきた。むしろ多くなっているようだ。

「なんなんだ、ほんとに……」

どちらからともなくもれたつぶやきを、行く手から聞こえてきた複数の女性の声がかき消した。

普段の捜査一課にはあまり縁のない、若い女性の声である。

「ほら皆さん、近づきすぎですって！」

「そうですよ、ただでさえ恐い顔してるんですから。さがってさがって！」

「それ以上近寄ったら規制線張りますよ」

「だいじょうぶよ～。顔は恐くても、心は優しいおじ――お兄さんばっかりだから。心配しないでね～」

首をのばして課の中をのぞき見れば、自分の所属する班の机のあたりに、女性警官たちが集まっている。

そしてそれを刑事達が囲んでいる。

「……何のさわぎです？」

いちばん外側にいた刑事に声をかけると、相手が「戻ったか！」と肩をたたいてきた。

「おーい、克平が帰ってきたぞ！　——ほら、行けって」

そう言って、女性警官たちのほうへ、ぐいっと押し出される。

「あら、新明寺《しんみょうじ》さん来たって」

「よかったわね〜」

こちらをふり向いて言う彼女達の、真ん中にいる相手に気づき、克平は目を丸くした。

「結愛!?」

「……かっ……ぺぇ……」

襟元《えりもと》とスカートの裾《すそ》にフリルのついた可愛《かわい》らしいワンピースを着た少女は、半泣きで見上げてくる。恐慌状態に陥《おちい》り、固まっているようだ。

女性警官たちが、結愛の小さな肩に手を置いて言った。

「新明寺さんを訪ねてきたんですよ」

「いないって言われても、帰ってくるまで待ちたいって」

「でも捜査一課《そうさいっか》、ちょっと雰囲気《ふんいき》がアレじゃないですか……。皆さん言動が乱暴っていうか、荒《すさ》んでるっていうか……」

克平の後ろで、先輩刑事がぼそりとつぶやく。

「引っ立ててきた容疑者が口汚く騒ぐのを見て、しくしく泣き出しちゃったんで、交通課に応援を頼んで子守をしてもらってたところだ」

「何か色々すみません……」

四方向に向けて頭を下げると、皆はいっせいに首を横に振った。

「いや。いいよ、うん」

「は？」

「幼女……いい……」

「もうなんか、そこにいるだけで空気が浄化されるっていうか」

奥村もまた、目元にクマの浮いた顔でうんうんと同意する。

「いいものだ……」

「――結愛、こっちおいで」

疲れきった大人達の夢見るような眼差《まなざ》しからかばうように、克平は結愛を脇に抱えて廊《ろう》下《か》に連れ出した。

ベンチに座らせ、その前に膝をつく。

「どうした？　また図書館で何かあったのか？」

真っ先に思いついた心配だったが、結愛は首を振った。

「じゃあなんでここに？　よく一人で来られたな」

「克平に、言いたいこと、あって」

「オレに？」

克平の問いにうなずき、誇らしげに胸を張って答える。

「だから、がんばって来た」

「携帯にかければよかったのに」

簡潔に返すと、結愛は水を差されたかのような顔になった。

「……電話した。けど通じなかった……」

「あ、そういえば……」

今日はしばらく電波状況の悪い地下にいたことを、ようやく思いだす。

こちらを見つめる大きな瞳は、まるで大冒険をしたかのような興奮にかがやいていた。

実際、八歳のインドアな少女にとって、ひとりで初めての場所までやってくるのは、冒険だったにちがいない。

克平は、まずはその頭をなでた。

「そうか、ありがとう。えらかったな」

満足したのか、結愛はうれしそうにうなずく。

「で、言いたいことって？」

「事故で死んじゃった先生、荻原さんと同じ学校を卒業してるの。埼玉県にある高校」

「え？」

「年も一歳ちがいだから、知り合いだったかも」

「へぇ……」

殺害された荻原哲治《てつじ》と、事故死した妹の担任の教師が、高校の同窓生だった。

確かに意外な事実だ。が、しかし。

「すごい偶然だけど、事件には直接関係なさそうだなぁ……」

首をひねりながら返すと、結愛は勢い込んで続ける。

「まだある。昨日図書館を襲いにきた人、克平の妹と同じ学校だよ」

「――え？」

「事故死した先生と、写真、いっしょに写ってた」

「それ本当？」

横から奥村が割って入ってくる。

「つまり諸住直也は、荻原哲治と知り合いかもしれない男の生徒だったってこと？」

結愛は大きくうなずく。奥村は克平に向けて顎《あご》をしゃくった。

「確認して」

「はいっ」

性急な指示に即座に応える。

それもそのはず。『ホンノムシ』への不法侵入と傷害容疑で逮捕された諸住は、荻原の殺人事件についてはあいかわらず黙秘を続けている。

彼と荻原との接点が見つからないことには何も進まないと、捜査会議で発破《はっぱ》をかけられたばかりである。

克平はすぐさま自分のデスクのパソコンに飛んでいき、結愛の言ったＳＮＳをチェックした。

新しい情報の匂《にお》いをかぎつけた他の刑事達も集まってくる。

「あった――」

事故死した為坂研吾のアカウントはすぐに見つかった。そのプロフィールと、殺人事件の捜査資料とを照合し、為坂研吾と荻原哲治が同じ高校の一期ちがいの同窓生であることを確かめる。

さらにタイムラインの写真を流し見つつ画面をスクロールさせていた克平は――視界に飛び込んできた一枚の写真に、目を瞠《みは》った。

「そんな……」

思わぬ衝撃に、ごくりと喉《のど》を鳴らし、食い入るように写真を見つめる。

「どうした、克平」

ややあって、後ろにいた刑事に声をかけられ、我に返った。

のろのろと首を振る。

「いえ……、確認取れました。……荻原と諸住は、この為坂って男を通じて知り合った可能性があります……」

「涼清高校、為坂研吾……な。よし！」

色めき立った刑事達は、メモを取り散っていった。

しかし克平はその場から動くことができない。

「克平？」

他の刑事達がいなくなったせいか、結愛がやってくる。克平の横からパソコンの画面をのぞきこみ、彼女はこちらをふり仰《あお》いできた。

「どうしたの？」

あどけない問いかけに、克平は動揺《どうよう》を抑えるように前髪をかき上げる。

「――晴夏だ」

「え？」

「この写真……」

指差したのは『体育祭』と題された写真の中の一枚である。

グランドで、大きな応援旗を掲《かか》げる為坂を撮った写真。

その傍《かたわ》らでは、晴夏、甲野芽衣《こうのめい》、諸住、そして他の数名の男子生徒達が、明るい笑顔を浮かべて写っていた。

五章　ふたり、真相を明らかにする

「わたしも、行く」

結愛《ゆあ》は断固として言い張った。が、しかし。

「ダメだ」

「なんで？」

「なんでも」

無造作《むぞうさ》にそう言う克平《かっぺい》の顔色は冴えない。

諸住直也《もろずみなおや》という、荻原《おぎわら》教授殺害に関係すると思われている青年が、自殺した妹と知り合いだった事実に動揺しているのだろう。

結愛はふたたび主張した。

「わたしも行く」

「だからダメだって」

「連れてってくれなきゃ、今から警察署に戻って、奥村《おくむら》さんに『克平はわたしを家まで送るっていう口実でお仕事を抜け出して、別のことをしに行きました』って言う」

「いやそれマジ勘弁して……っ」

克平は地下鉄の駅のベンチに腰を下ろし、頭を抱えている。

結愛とここで別れ、ひとりで人に会いに行こうとしているのだ。

妹の親友だったという相手に。

「来たっておもしろくないぞ」

頭を抱えたまま、彼は沈んだ口調で言った。

「何もおもしろいことないぞ」

事情はわからないものの、その言い方から察するに、克平は会いに行く相手から望まぬ話を聞き出さなければならないようだ。だから結愛を追い払おうとする。

いやな思いをさせまいとしてのことだろう。

結愛は、そんな彼の前で口をへの字にした。

興味本位と思われているのなら心外だった。そんな理由ではない。

「わたし……、図書館に閉じこもっていたとき、新聞と本を読むことしかしてなかった」

新聞を読むのは、今の『世界』で何が起きているのかを知りたかったから。本を読むのは、物語の中の登場人物になりきって、『世界』の中で生きるため。

本を読むことによって結愛は、自分とはちがう誰かになって、様々な出来事を経験した。いいことも悪いこともあったけれど、彼らの多くには家族や友人、仲間がいて、最後には苦悩に見合った結果がもたらされる。

現実の世界では得られない友情や感動を、自分のものとして受け止めるのは、この上ない娯楽《ごらく》だった。

本の世界さえあればいいとも思っていた。自分を受け入れない世界に背を向け、本の中に逃げ込んでいたのだ。

しかし――

そんなとき克平が現れた。

まるで本の中の、主人公の友人のように結愛に接してくれた。そんな彼を、結愛は一度、ひどく頑《かたく》なに拒絶してしまった。

人と接することの難しさを改めて思い知り、自分にそれができるはずがないと思い込み、逃げたのだ。――人を傷つけることからも、自分が傷つくことからも。

にもかかわらず、克平は助けにきてくれた。

危機に巻き込まれることもいとわず駆けつけ、身を挺《てい》して守ってくれた。――まるで本の中の、主人公の仲間のように。

結愛は感動したのである。

感動し、感謝し、そしてうれしかった。『世界』に生まれ直したように感じた。

これまではうまくできなかった。でももしかしたら、これからはやっていけるかもしれない。

克平がいるなら、本の世界よりも、現実の世界のほうがいいかもしれない。そんなふうに考えることができるようになった。

だから――

「おもしろそうだから行くんじゃない」

沈痛な面持《おもも》ちで頭を抱える克平の膝に手を置き、結愛はまっすぐに訴えた。

「一緒に行きたいから行くの」

自分もまた、克平の仲間でありたいと思う。

まだまだ全然力は足りないだろうけど、そんな気持ちだけは人一倍強いのだ。

「結愛……」

いつになく頼りない眼差《まなざ》しの克平の手を取り、引っ張る。

「行こ」

「――――……」

彼は、まだ迷う様子ではあったが、やがて観念したかのように渋々腰を上げた。

※

(なんでこんなことに……)

結愛は、きりっと、なにやら使命感に燃えているらしい顔つきでついてきた。

不思議なくらい頑なに、同行すると主張した。

(ひとりで行きたかったんだけどな)

何しろどんな話が飛び出すかわからない。自分自身にすら覚悟しきれない思いがあるのだ。冷静に受け止められるかどうかも分からない。そんな場所へ連れて行っていいものか……。

克平はこっそりとため息をつく。

当の結愛は、電車の外の景色をものめずらしそうに眺めていた。

表情はいつもとほぼ変わらないが、楽しんでいるのが伝わってくる。

(ま、いいか……)

久しぶりに外に出たのだ。見るもの、聴くもの、すべてが興味深いのだろう。

しばらくして降車した駅は、ひどく混雑していた。小柄なせいで、視界からたびたび姿を消す結愛に、ひやりとすること三回。克平は小さな手をがっしりとにぎりしめる。

「よそ見しない！　そんなじっと見つめたって、菓子なんか買わないぞ。ほら、前を見る！」

小言《こごと》を言いながら、懐かしい気分になった。晴夏が子供の頃も、こうして手をつないで歩いたような気がする。

それにしても結愛がくっついてきたのは、単にひさしぶりの外の世界を、もう少し満喫《まんきつ》したかっただけなのではないか。

そう疑いたくなるほど、いつもの大人しさが嘘のように、駅構内の催事売店に気を引かれていた。

コンコースに並ぶワゴン式の売店には、様々な菓子や食品が陳列《ちんれつ》されている。そのひとつひとつを、結愛はつないだ手を支えにして、背をのばしてのぞきこむ。

「自分で買うもん。おばあちゃんからお小遣いもらったし」

「無駄づかいしない！　だいたい今食べたら夕飯食えなくなるぞ」

様々な種類の店にいちいち足を止めそうになる少女を、克平は問答無用で引っ立てて歩いた。それでも頑張るときは、小脇に抱えて運ぶ。

何とか芽衣《めい》のバイト先のセレクトショップに着いた時には、心の底から安堵《あんど》の息をついた。

「何しにきたんだ、ほんと」

「克平の妹の友だちに会いに」

売店で買ったイチゴ大福をもぐもぐしながら結愛が答える。

「それ、店に入る前に食いきれよ。……ほら、粉ついてるって」

しゃがんで頬《ほお》についた片栗粉《かたくりこ》をぬぐってやりながら、目当ての店を重い気分で見上げる。

流行の衣類や小物を取り扱う瀟洒《しょうしゃ》な店内には、ちらほらと客の姿があった。

結愛が大福を食べ終えたことを確認し、意を決して中に入っていくと、入口近くにいた店員が、にこやかに声をかけてくる。

「いらっしゃいませー」

その向こうで棚《たな》のシャツをたたみ、並べ直していた芽衣がふり返った。

「いらっしゃいま、せ……」

はじめ溌剌《はつらつ》としていた声は、こちらを目にして徐々にしぼんでいく。

克平がそちらに近づいて行くと、彼女はシャツをたたみ直しながら横顔で言った。

「仕事中。見てわかんないの？」

硬い表情を見下ろし、克平は声をひそめて訊ねる。

「ひとつだけ知りたい。晴夏《はるな》の自殺に、諸住直也は関係しているのか？」

その瞬間、芽衣ははっきりと顔色を変えた。

思わずといった体《てい》でふり向き、動揺《どうよう》まじりに口を開く。

「それ――なんで……っ」

言いかけて、彼女は他の店員の耳を気にするかのように周りを見まわした。

いやな予感が当たったと、胃の腑《ふ》のあたりが重くなる。

「今話すのと、仕事の後と、どっちがいい？」

克平の問いに、芽衣はふるえる手で、たたんでいたシャツを棚に置いた。


結愛といっしょに近くのカフェで待っていると、小さなショルダーバッグを手に、芽衣が店に入ってきた。

うまく休憩《きゅうけい》が取れたようだ。

まずはレジに向かった後、フレーバーの入った一杯五百円もするカフェラテをトレーにのせ、こちらにやってくる。

彼女は克平の前にトレーを置きながら、並んで座る結愛にちらりと目をやった。

「あんたの子供？　結婚してたっけ？」

「してねぇよ。してても、こんな大きな子供がいるわけないだろ」

古い付き合いのため、ついついぞんざいな口調になってしまう。

その横で結愛が礼儀《れいぎ》正しく頭を下げた。

「福峰《ふくみね》結愛です。はじめまして」

「え……あ、どうも。あたしは芽衣。甲野《こうの》芽衣……」

「八歳のほうがちゃんと挨拶《あいさつ》できてるぞ」

ニヤリと笑って言うと、芽衣は空《から》になったスティックシュガーの袋を丸めて投げてきた。

「うるさいなっ」

晴夏が中学生になってから、いなくなるまで、芽衣はよく家に遊びに来ていた。

それぞれ社会に出た今でも、こうして会えば、互いにその頃の感覚に戻ってしまう。

一瞬だけなつかしい気分にひたった。今にもどこからか、晴夏がトレーを持って現れそうだ。

芽衣もそう感じたのだろうか。少しだけ視線を遠くした後、気まずく押しだまる。

「晴夏のこと……なんで急に訊きにきたの？」

「それはたまたまっていうか……」

克平は、晴夏が自死した頃に近隣で起きていた女性の暴行事件について、事情を訊こうと為坂《ためさか》に連絡を取ったところ、事故死したと言われたことなどを簡単に説明した。

話を聞きながら、芽衣は落ち着かなく視線をさまよわせる。

「……それで？」

「で、……ＳＮＳの為坂先生のアカウントを見てみたら、そこに晴夏と、芽衣と、諸住直也が一緒に写ってる写真があった」

説明と共に、プリントアウトした写真をテーブルの上に出した。

写真には、左端から晴夏、芽衣、男子生徒、諸住、為坂、そしてもうひとりの男子生徒が、ジャージ姿で写っている。

「――諸住は、今オレがかかわってる別の事件の重要参考人だ。それで、どういうことか知りたくなったんだ」

芽衣は、同じ色のハチマキをつけた六名の写真をじっと見つめた。

「そっか。そんなところから……」

「諸住とは親しいのか？」

注意深く訊ねると、彼女は心外そうに大きく首を振る。

「まさか。直也は——学校にいたときからちょっとヤバい雰囲気《ふんいき》だったし、あたしはあんまり。ただ、あたしの元カレが、なんか仲良くてさ」

「元カレ？」

と、きれいなネイルをした指が、写真の中に写る男子生徒のひとりを指した。

芽衣の隣に立ち、諸住と肩を組んでいる。

「池谷弘樹《いけたにひろき》。高一の夏休みにつき合い始めたの」

克平はすばやくメモを取った。

「じゃあ晴夏と諸住は……」

「何の関係もなかったと思うよ。——生きてる間は」

「どういう意味だ」

意味深な言い方に、低く問いただす。芽衣は言いにくそうに応じた。

「直也が晴夏の自殺に関わってるっていうのは誤解だよ。直也は関係ない。ただ……」

華奢《きゃしゃ》な白い手が、カフェラテの紙コップをにぎりしめる。

「ただ、自殺した後のことには、関わってる」

「自殺の後？」

うなずきながら彼女は、カフェラテの紙コップに額がつくほどに深くうつむいた。

「わざとじゃなかったんだ。信じて……」

「何があった」

追及する厳しい声に、ふるえるか細い声が応える。

「――遺書、見つけた。晴夏の」

※

「どういうことだ」

驚くほど冷たい声が応える。

それが自分の声だと気づくまでに、少し時間がかかった。

そのくらい頭の中は混乱している。

就職活動中のある日、突然警察からかかってきた電話。あわてて駆けつけた病院。電車に轢《ひ》かれて千切《ちぎ》れた遺体。錯乱《さくらん》する母と、茫然自失《ぼうぜんじしつ》の父。わけが分からないまま過ぎ去った通夜と葬儀。

芽衣をはじめとする友人たちや、学校の関係者を、いくら問い詰めても自殺の原因は判明せず、悲哀は永遠に出口にたどり着かない迷路の中へ取り残された。

苦しんで、苦しんで。

四年経った今もまだ、気持ちの整理はついていない。

理由が知りたいと――自分にできることは何もなかったのかと。

常に頭のどこかで考えて。

「どういうことだ!!」

克平は席を蹴《け》って立ち、声を荒らげる。

容赦《ようしゃ》のない怒声に、芽衣が大きく肩を揺らした。

「ご、ごめん……っ」

反射的に謝り、紙コップをにぎりしめたまま縮こまる。

被害者のようにふるまう、その態度にすら腹が立った。

「――――」

こみ上げる怒りに目がくらみ、ふたたび口を開きかけた――そのとき。

手首に思いがけないぬくもりが巻きつく。

「克平……っ」

高く澄んだ声に名前を呼ばれ、ハッとして見下ろせば、結愛が両手で克平の右手首をつかんでいた。

見上げる彼女の顔はこわばっている。

大の大人の激昂《げっこう》を目《ま》の当たりにして怯《おび》えているのだろう。

しかし手首をつかむ小さな手には強い力が込められている。

見つめ返す克平に、彼女は大きく首を振った。

ダメだよ、と制止するかのように。

それと同時に、遠のいていた音が戻ってくる。

周りを見れば、店中の人間が、驚いたような目をこちらに向けていた。

「…………」

我に返った克平は深いため息と共に怒りを吐き出す。

「――――悪い……」

ぼそりと言い、力を抜いて座り直した。

芽衣が顔を上げて首を振る。

「あ、あたしも、ごめん、本当に……っ」

「そう思ってるなら、その遺書ってやつを今すぐ見せてくれ」

「……うん」

彼女はショルダーバッグの中から手帳を出し、その中から大切そうに、折りたたんだ紙片を取り出した。

ルーズリーフのようだ。

「学校のロッカーに置きっ放しにしてたファイルの中にあるのを見つけたの。三年前の——高一のときの修了式の日に」

「修了式……」

晴夏の自殺は十月だった。その半年後ということだ。

芽衣は弁解するようにつけ足す。

「自殺する前に入れたんだと思うけど……あたし、ずっと気がつかなくて」

克平は受け取ったルーズリーフを慎重に開いた。——とたん、そこに染みのような汚れを見つけ、どきりとする。

錆《さ》びた色は血にまちがいない。

（晴夏の血か……？）

想像するだけで鼓動が速くなる。ルーズリーフには、まぎれもない妹の文字で、様々な言葉が綴《つづ》られていた。

三日前の下校中に、見知らぬ男に襲われたこと。

誰にも言うことができないまま苦しみ続け、死ぬしかないと考えるに至ったこと。

切々と訴える内容は、以下のような言葉で締めくくられていた。

『家族を悲しませてしまうことだけが心残りだけど、でもどうしても言えません。これ以上傷つけたくないから。どうかこのことは絶対に言わないで。特にママには絶対、絶対、言わないで』

「──────……っ」

悲痛な文面からは、死に至るまでの苦悩が迫りくるようで、目頭《めがしら》が熱くなる。

克平はだまって紙片を折りたたんだ。

その横で結愛が、紙片を見てぽつりとつぶやく。

「その血は、だれの？」

（──────……っ）

遺書の内容に呑《の》まれていた意識が、ふと現実に立ち戻る。

たしかに。

晴夏は電車に飛び込んで死んだのだ。その前に芽衣に遺書を残したのなら、血などつくはずはない。

「誰の血なんだ？」

重ねての問いに、芽衣はこちらの視線を避けるように目を伏せた。

「あたし……、それ読んでくやしくなって――」

折しも遺書を発見した修了式の直前、同一犯によると思われる暴行事件がふたたび起きたばかりだった。

そのことに芽衣は激しい怒りを覚えた。

晴夏は自ら命を絶つほどに苦しんだ。その一方で犯人は捕まることもなく、のうのうと暮らしている。おそらくは次の獲物《えもの》を物色しながら。

「あたし、それがどうしても許せなくて、捕まえてやろうと思って……」

「なに？」

「晴夏の仇《かたき》を取りたかったの！　せめて犯人を捕まえて、刑務所に入れてやりたくて――」

芽衣はごくりとツバを飲み込み、ふるえる声で続けた。

「協力してって、弘樹に頼んだの。そしたら弘樹も乗り気になって、直也とか、他の仲間にも声をかけてくれて――」

春休みの間中、みんなで強姦魔《ごうかんま》の捕獲作戦を立て、新学期が始まってから実行に移した。

オトリ役の芽衣は毎日、人気《ひとけ》のない夜道を歩きまわり、弘樹達が離れたところからそれを見守った。数日は成果がなかったものの、一週間ほどたった頃、とうとうおびき出された犯人が姿を現した。

「なんだって!?」

克平は思わずテーブルに身を乗りだす。

芽衣はうなずいた。

「目出し帽っていうの？　アレかぶってて、最初は顔が見えなかった。でも弘樹達が出てきたら、すごい焦ってて——その間に、あたしが目出し帽をめくり上げてやった」

「顔、見たのか？」

「見た。でも結局逃げられちゃって……」

克平はすぐさま手帳を開いた。

「どんなやつ？」

「見たことのある顔だった」

「え……？」

「あたしその頃、居酒屋でバイトしてたんだけど、その店によく為坂と飲みに来てるやつだった」

「――為坂の知り合いか」

意外な証言に、克平の頭の中でひとつの顔が像を結ぶ。

「で、そのまま為坂んちに押しかけようとしたら、その前に近くのコンビニから為坂が出てくるの見つけたんで、みんなで囲んでやった」

「……それで？」

国道沿いのコンビニの駐車場で、自らが担任するクラスの生徒達に囲まれた為坂は、初めのうちシラを切ろうとした。しかし血気にはやり、正義感に酔った高校生達からの糾《きゅう》弾《だん》に、ほどなく陥落した。

「為坂《あいつ》、パチンコで給料使い込んで、しょっちゅう強姦魔に金を借りてたんだって。でも――女子生徒の通学路と、部活や委員会で下校が遅くなる曜日なんかを教えると、借金を減らしてもらえたって」

しょうもない真相に、克平はこぶしを握りしめる。

「クソが……っ」

「あたしが許せないって言ったら、弘樹たちがリンチしようとして……そしたら為坂《あいつ》、車に乗って逃げようとして……」

ゆるりと顔を上げ、芽衣は力ない微笑を浮かべた。

「前も見ないでアクセル踏んで車道に出て、走ってきたトラックと衝突した」

「──────」

克平は深々とため息をつく。

しかし説教は呑み込んだ。もしその時、その場に自分がいたとして、浅はかな高校生達と同じ行動を取らなかった自信がない。

「この血は為坂のものか？」

最後に確認すると、芽衣はうなずく。

「普通に訊いても白状しなかったから、直也が何度も殴《なぐ》ったの。あたしは、その顔に遺書を押しつけた。『よく読めよ！』って」

しかしその後、逃げようとした為坂が目の前で事故を起こしたことで、高校生達は我に返った。

「あたし達のせいで事故になったって知られたら、警察に捕まるかもしれないって、誰かが言い出して……みんなで逃げたの」

芽衣はキレイに手入れをした華奢《きゃしゃ》な両手で顔を覆う。

「あたしは……自分のせいで人が死んだことが恐くて、恐くて……。遺書、見せらんなくなった。……ごめん……」

「――……」

しばらくだまって折りたたまれたルーズリーフを見つめた末、克平は自分のスマホを取りだした。

「強姦魔、もしかしてこいつか？」

殺された荻原哲治《てつじ》の写真を見せる。

スマホをのぞきこんだ芽衣は「あっ」と声を上げた。

「そうそう、こいつ！　まちがいない」

「ありがとう。参考になった」

簡潔にまとめ、席を立つ。トレーを片づけていると、芽衣がぽつりと口を開いた。

「ねぇ、直也は何をしたの？」

「捜査中だから言えない」

「そっか」

彼女は自分の中の記憶をたどるようにつけ足す。

「あいつ……だんだん学校、来なくなっちゃったんだよね。半年くらいたってから、何か問題起こして退学になったって聞いた。でも弘樹とは今も連絡取ってるらしいよ」

知っている限りのことを話した後、しばらく間を置き、芽衣は静かに訊ねてきた。

「……あたし、自首したほうがいい？」

「そうすれば自分の気持ちが楽んなると思う」

「……だね。考える」

観念したように応じ、すっきりした顔で「じゃあね～」と手を振ってくる。

「──芽衣」

そのまま店を出ようとした細い背中を、克平は呼び止めた。

「遺書のこと、うちの親には黙っとくから」

晴夏の望みをかなえてやりたい。同時に、自殺の原因が分からず悩んでいる両親に答えを与えたい。

そのふたつを天秤《てんびん》にかけて、真ん中と思われる着地点を探る。

「おまえから、晴夏があの事件にかかわってたかもしれないって聞いたって──それだけ話しとくから」

「…………」

「線香あげに行ってやってくれよ」

晴夏と過ごした思い出を過去の引き出しに片づけてしまわないで。どうか自分達と共有してほしい。

そんな思いを込めての求めに、芽衣は泣きそうな顔でほほ笑んだ。

「……そうする」


芽衣と別れてから、克平はメモ帳を開いた。

「池谷弘樹、か……」

新たに出てきた関係者である。事情を聞く必要がありそうだ。

その足下から結愛が見上げてきた。

「その人、どこの大学？」

「あっ……」

芽衣や晴夏と同じ年なら、確かにまだ学生のはず。が、しかし――訊きそびれた。

芽衣の去った方向を目で追いかける克平を、結愛はどこか生暖かく見守ってくる。その眼差《まなざ》しはまるで、「まったくこの人は……」とでも言いたげだった。

「啓南《けいなん》大学だったら、つながるね」

「啓南大学？」

ざわりと血が騒ぐ。それは荻原哲治の勤め先だ。

「おっ、オレも今それを言おうと思ってたんだっ」

年上の貫禄《かんろく》を示そうと、克平はせめてもの見栄を張った。

――って。

「あれ？　結愛？」

視界から消えた姿を追い求めて見渡すと、人混みのどこからか「こっち！」と声がする。

「どこだ、結愛？」

「ここー……」

遠くなっていく声を必死にたどると、人の波に流されて行く小さな手を発見した。それをつかみ、すんでのところで引っぱり戻す。

「急にいなくなるな！」

「ごめん……」

目を白黒させてしがみついてくる少女の様子に、はるか昔、晴夏ともこんなことがあったと思い出した。

「……図書館、帰るか」

「うん」

小柄な身体《からだ》を歩道の端に寄せ、手をつないで歩きだす。

そろそろ日が暮れようかという時刻。混み合う道をのんびり歩きながら、克平は腕時計を見た。

「閉館時間ぎりぎりになるかもしれないな」

スマホを取り出して図書館に電話をし、八重子《やえこ》に今から送ることを伝える。電話を切ってから、ふと疑問がわいた。

「そういえば、西塚《にしづか》さんっていつもスケッチブックに何描いてんの？　前、マンガのコマ割りっぽいのが、チラッと見えたんだけど……」

「えっとね、ミステリー作品を題材にしたマンガだって」

「ふぅん」

「後でパソコンでちゃんとしたマンガにして、ネットに上げてるって言ってた」

「へぇ、すごいんだな。……ていうかさ、あの人いくつ？」

「歳《とし》？　んー、わかんない」

「そっか。……だよな。オレもばあちゃんの歳なんか知らないし」

「お母さんは今、三十三歳」

「えっ!?　じゃあ……やっぱ見た目より全然上なのか……」

「おばあちゃん、世の中にいっぱい好きな本とか映画があるから、毎日幸せで歳を取らないんだって」

「そりゃあうらやましいな」

「今はシャーロック・ホームズのドラマにハマってて、毎日見てる」

「ホームズかぁ……。名前は知ってるけど読んだことないかも」

「本当？　すっごくおもしろいよ」

「だろうな。今度読んでみるか」

「じゃあ一番おもしろいの、教えてあげる！」

「おう、頼むよ」

「うん！」

大きくうなずいた結愛は、克平と手をつないだままスキップをする。

そしてしばらく楽しそうに進んだ後、ぽつりと口を開いた。

「……克平」

「ん？」

「いろいろわかって、よかったね」

「あぁ、よかった。――そうだ。結愛のおかげだな」

「え？」

「ありがとな」

「んー……」

礼を言われ慣れていないのか、結愛は顔を赤くして「べつに……」と、もじもじする。

その分しっかりとにぎられる小さな手のぬくもりが、過去の記憶をやさしく刺激する。

なつかしい思いと共に、四年もの間胸の内で凍《い》てついていた悔恨《かいこん》が、少しだけ溶けていくのを感じた。

エピローグ

結論から言うと、結愛《ゆあ》の予想は当たった。

事情聴取を受けた池谷弘樹《いけたにひろき》は、高校卒業後、啓南《けいなん》大学に進学し、荻原《おぎわら》を目にして相手の正体に気づいたことから、諸住《もろずみ》に会った時にそのことを話した、と証言した。

外堀を埋められた諸住は、ようやく少しずつ供述を始めた。

それによると池谷から荻原のことを聞いた諸住は、連続婦女暴行事件の被害者の家族を名乗って荻原に接触し、一年近くにわたって何度か口止め料をせびっていたという。

しかし一ヶ月ほど前に立場は逆転した。

諸住は葛西《かさい》とトラブルになり、仲間と共に過度の暴力を振るううちに殺してしまった。そして暗いうちに遺体を捨てにいこうと荻原に車を持ってこさせたところ、電話のただならぬ様子を不審に思った荻原によって、遺体を埋める現場を撮られてしまったのである。

動転して気が急《せ》いていた諸住達は、車にのっていた時計がカメラであることにも、葛西の遺体からパスケースが落ちたことにも気がつかなかった。

車内に残されていたパスケースと動画からおおよその事情を察し、諸住の弱みをにぎった荻原は、今後一切の口止め料の支払いを拒否した——それが公園でのあの口論だった。荻原から秘密がもれることを懸念《けねん》した諸住は、七月四日の夜、荻原が自宅でひとりになったことを確認した後に、忍び込んで殺害し、聞き出したパスワードを使って相手のパソコンとスマホの中に保存されていた画像データを消去した。そして監視カメラと共に腕時計や紙幣《しへい》を持ち去り、強盗に見せかけた。

——それが、荻原と葛西、ふたつの殺人事件の顚末《てんまつ》だった。


「ちわー!」

今日も通りに向けて開け放たれた樫材《かしざい》の扉をくぐり抜け、克平《かっぺい》は元気な声を張り上げる。するとと例によってスケッチブックを開いていた八重子《やえこ》が、にこやかに迎えてくれた。

「こんにちは。いらっしゃい」

そのまま受付の前を通るとき、ふと訊ねてみる。

「シャーロック・ホームズのマンガを描いてるんですか?」

ストレートな質問に、八重子は笑顔を引きつらせて真っ赤になった。

「いっ、あのっ、いえっ、その……今はアルセーヌ・ルパンを……」

「ルパンってあの、アニメの？」

「ではなく、原作のほうです。最近コナン・ドイルが大人気ですけど、モーリス・ルブランもいいんですよ。ルパンとホームズの対決はもちろん、頭脳明晰《めいせき》な美少年イジドール君とのからみとかもう！」

最初のうちは遠慮《えんりょ》がちだった説明が、次第に熱を帯びてくる。そして眼鏡《めがね》の奥の瞳をキラキラさせた八重子は、いつにも増して若く見えた。

（なるほど、歳《とし》を取らないってこういうことか……）

内心で納得しながら、克平は八重子に、持ってきたカレーの差し入れを渡す。

図書館は本来、飲食を禁止していたようだが、克平が頻繁《ひんぱん》に持ち込むことから、今では全面的に解禁となった。

昼前のこの時間、持ち込みの飲み物を手に、ソファで寛《くつろ》いで本を読む年かさの客が三人ほど。

結愛は、大きなテーブルの周りに置かれた椅子《いす》のひとつに腰かけて新聞を読んでいる。このところオープンスペースに出てくることが多くなった。

良い変化だと、八重子は目をうるませてしみじみと話す。

克平も、事件が解決したからといって結愛を放り出そうとは思えなかった。晴夏《はるな》の過去と向き合い、けりをつけることができた。その感謝と、妹に対して多くのことをしてやれなかった過去をやり直すように、時間ができると今もなんとなく足を向けてしまう。

カレーの入ったビニール袋を手に、克平はテーブルにいる結愛のほうへと近づいて行った。

しかし――

気配に気づいているだろうに、彼女はふり向く様子もなく、じっと新聞に目を向けている。

（…………？）

顔をのぞきこむと、何やらふくれつらをしていた。

「何か怒ってる？」

克平は、隣の椅子を引きながら首をかしげる。

このところ特別ちょっかいを出した覚えはない。

助けを求めるように受付にいる八重子を見ると、彼女は小さく肩をすくめた。ほほ笑みを浮かべた様子からは、深刻な感じは伝わってこないが……

「どうかした？」

ふたたび訊ねてみたものの、結果は同じ。

「…………」

「だまってちゃ分からないだろ」

大福のような頬《ほお》はふくらんだまま、動く気配がない。

「あ、カレー飽《あ》きた？　甘いもんのほうがよかった？」

「————……っ」

ふと思いついたことは、いかにもありそうだと感じられたが、大外れだったようだ。

結愛は大きな目をぎろりと向けてくる。責める眼差《まなざ》しは「ちがう！」と言っている。

「じゃあなんだ……？」

首をひねるが、まるで心当たりがない。

そもそも克平にとって、八歳の少女というのは宇宙人みたいなものだ。何を考えているのか、まったくわからない。

「……五日くらい音信不通だったのがマズかった？　けどオレも社会人だから、そうそう時間取れなくてなぁ。てかオレ、元々毎日メールとかするタイプじゃないし。カノジョにもしたことないし。……女友だちからはあり得ないって言われるけど、何があり得ないのか全然わからんし……」

ぶつぶつと独り言を連ね、それからふと我に返る。

「……まぁ、そんなわけないよな。結愛もメールしないもんな」

言葉を切って少し様子をうかがうが、やはり反応はなかった。

ため息をつき、克平は席を立つ。

「しょうがない。また来るか……」

カレーの袋を手に退散しようとしたところで、結愛の声が、ぼそぼそと低く響いた。

「……東京特許許可局許可局長は、自分の肩書きを言うたびにかんじゃって大変っていうの、デタラメだった」

「え？」

まぬけな返事をする克平の前で、少女は勢いよく顔を上げる。

「克平、またわたしをだましたっ」

「えっ」

「特許を扱う国の機関は特許庁。もう克平の言うことは信じないっ」

「待て待て。え？　そうなの？　特許許可局、ないの？」

思いがけない糾弾《きゅうだん》に、つい鸚鵡《おうむ》返しに声を張り上げると、近くで本を読んでいた老人が代わりに応えてきた。

「ありませんよ。昔は特許局と呼ばれていたそうですが、『許可』がついていたことはなかったんじゃないかな」

「えー……」

つぶやいたきり、ぼう然としてしまう。

すると結愛は目をぱちぱちさせた。

「克平も知らなかったの？」

「あぁ。生まれてから二十五年間、特許きょ、許可局が実在するって信じてた。かんだ」

「……ならいい。許す」

からかわれていたわけではないとわかり機嫌が直ったようだ。言葉の通り、結愛は急に態度を軟化させた。カレーを食べるスペースを作るため、新聞を折りたたみ、テーブルを片づける。

何はともあれホッとした。

片づけを手伝いながら、克平は「そうだ」とつぶやく。

「結愛の薦《すす》めてくれたホームズの本、読んだぞ。めっちゃおもしろかった！」

入門にぴったりだというその作品は、短編集だったため読みやすく、テンポの良さも手伝って一気に読んでしまった。

結愛が弾けるように頭を上げ、「ほんと？」と訊ねてくる。

克平は大きくうなずいた。

「あぁ、また何かオススメあったら借りてこうかな」

「えぇとね……っ」

椅子を飛び降りると、スカートの裾《すそ》をひるがえして書架《しょか》のほうへ駆けていく。

ビニール袋からカレーを出してテーブルに並べながら、克平はたたんで積まれた新聞に目をやった。

「おまけに毎日いろんな新聞も読んでるし。結愛はほんとえらいな」

なにげなくつぶやいた言葉に結愛がふり向いた。

その表情を目にした克平は、ちょっとだけ息を呑《の》む。

彼女にしては非常にめずらしい——笑顔。

（オレ、なんか特別なこと言ったっけ……？）

思わず、そう自問してしまうほど。

それはとてもうれしそうな笑顔だった。

※

結愛には悲しい記憶がたくさんある。

思い出したくないのに、決して忘れることのできない記憶が。

(克平にもあるはずなのに――)

事件が解決したとはいえ、妹の死を掘り起こし、くり返し事実を突きつけられたことは、つらい出来事だっただろう。

なのに彼は笑って言うのだ。

「結愛がいてくれたから解決した。よかった」――と。

悲しみはひとりで呑み込み、何もなかったかのように、いつも通り明るく振る舞っている。

(強くなりたいな……)

痛みを感じたとき、すぐに力を失い、閉じこもってしまうのではなく。

克平のように、それでも人の中にとどまり、優しい気持ちを返すことのできる人間になりたい。

どうすればいいのか、今は分からないけど、いつかなれるといい。

少しずつ、自分なりの方法で。

(わたしにも幸せな記憶はあるから……)

結愛は昔、父親に褒《ほ》められたことがある。

『おっ、結愛。新聞読んでんのか？　えらいなぁ』

父にとっては何でもない言葉だったのだろう。

しかし結愛の心に、それはとても嬉しく響いた。

なぜなら——あけすけで、大勢で騒ぐのが好きだった父親は、おとなしくて、ひとりでいることを好む自分の娘にどう接すればいいのか、分からないようだったから。

いつも自分を持てあます父に、ありのままを褒めてもらえたように思えて嬉しかった。

それ以来、もう一度同じ言葉をかけてもらいたくて、結愛は毎日、父親の目につく場所で新聞を読むようになった。しかしその後すぐに両親が離婚し、ささやかな希望は潰《つい》えた。

それでも結愛は新聞を読み続けた。

待っていたのだ。父親が結愛のことを思い出し、この図書館へ迎えに来るのを。

頭では、そんなことは起きないとわかっていても、心のどこかで切望していた。

いつまでても待つから、そうなってほしい。
そんな期待を捨てきれずにいた――ある日、声をかけられた。
『おっ、新聞読んでんのか！　小さいのに、えらいなぁ』
びっくりしてふり向くと、相手は見知らぬ大人だった。
それなのに、結愛に向けて太陽のような笑顔を見せた。
明るく、あけすけな雰囲気《ふんいき》。
それは、どこか……結愛を見ていてくれた頃の父親に似ていた。

※この作品はフィクションです。実在の人物・団体・事件などにはいっさい関係ありません。

集英社オレンジ文庫をお買い上げいただき、ありがとうございます。
ご意見・ご感想をお待ちしております。

●あて先
〒101-8050　東京都千代田区一ツ橋2-5-10
集英社オレンジ文庫編集部 気付
ひずき優先生

相棒は小学生

図書館の少女は新米刑事と謎を解く

集英社
オレンジ文庫

2018年5月23日　第1刷発行

著　者　ひずき優
発行者　北畠輝幸
発行所　株式会社集英社
〒101-8050東京都千代田区一ツ橋2-5-10
電話【編集部】03-3230-6352
【読者係】03-3230-6080
【販売部】03-3230-6393（書店専用）
印刷所　凸版印刷株式会社

※定価はカバーに表示してあります

ISBN 978-4-08-680192-8 C0193